Dados Internacionais de Catalogação na Publicação (CIP)
(Câmara Brasileira do Livro, SP, Brasil)

Souza, Natália Peixoto B. de
Morrer de amor / Natália Peixoto B. de Souza. --
Rio de Janeiro : Editora Paris de Historias, 2021.

ISBN 978-65-996025-0-4

1. Ficção brasileira I. Título.

21-81483 CDD-B869.3

Índices para catálogo sistemático:

1. Ficção : Literatura brasileira B869.3

Aline Graziele Benitez - Bibliotecária - CRB-1/3129

MORRER DE AMOR

Natália Bravo

Para Gabrielle Russier. E para a Malu.

PREFÁCIO

"Enquanto pensava na História, esquecia de mim", conta a personagem Natália. Inadequada na escola, acompanhada por livros e a história de tantas outras. A avó, que morreu e deixou de herança os livros, chamados por Nat de inventário afetivo.

Nat. Minha amiga íntima. Que também se apaixona pelo texto e pelo olhar do outro. Que, finalmente, depois de anos sem ser agente de sua história, com amores murchos, colonizadores e uma grande paixão, retomou para si sua própria história. Paris é sua cura. Seus afetos seguem no Brasil. A filha é sua grande companheira.

As frases são curtas e certeiras. Talvez represadas por muito tempo e tensionadas a sair assim, diretas.

Mulher, professora, mulher, dona de casa, mulher, com anseios e dúvidas, cheia de vontade e de memória, mãe solo em outro país, estrangeira, mulher. O livro é uma aula guiada por seus olhos, datas, acontecimentos históricos que entremeiam sua vida. Sua vida, que, até agora, tinha sido usurpada pela narrativa de outrem.

Sua vida que agora está costurada à minha, em uma escrita

inesquecível. Obrigada, professora. Obrigada por se pegar de volta. Obrigada por dividir conosco. A escrita é sua cura.

Ainda bem que ninguém mais morre de amor.

Clara Averbuck

Resistir ŭ uma forma de voltar a existir.

Julian Fuks

I

Paris. Place de la République. Era um domingo frio e chuvoso. Eu lia Os anos, de Annie Ernaux. Um livro que mistura história e memória. O pessoal e o coletivo. A história familiar e a história nacional. A memória individual da protagonista é atravessada pelos grandes momentos da história da França. Annie é autora e personagem. É ela a criança que viveu a sua infância em meio às reminiscências dos pais sobre a Segunda Guerra Mundial. Resistentes. O sofrimento deles é o seu sofrimento. A memória deles é a sua memória. E a minha, também. De criança, nascida no Brasil dos anos 1980. Momento de abertura política. De ascensão de novos protagonismos. Na política, na cultura, na sociedade. A forma como Ernaux transita entre o pessoal e o coletivo me faz pensar no meu próprio exemplo. Na criança que eu fui. Perdida, em meio aos comentários inflamados dos adultos à mesa. Que atribuíam ao Brizola a paternidade de toda a criminalidade carioca dos anos 1980. Brizola. O protetor dos ladrões.

– A filha é drogada, sabiam?

O pessoal é político. O julgamento moral é permitido. A favela está no centro das conversas, num apartamento de frente para o mar.

Eu era a criança. Cercada de adultos. Que debochavam de Lula, a nova face do operariado brasileiro. Entre nós, a vinheta: “Lula lá, brilha uma estrela” virava “Lula lá, dois mais dois são cinco”. Hahaha. A estrela. A esperança para vencer. Na minha casa, não passava de um ignorante. Uma figura desprezível.

Pausa nas leituras de Annie Ernaux. E o estranho mergulho nas minhas próprias memórias de infância, igualmente atravessadas pelo contexto político da época. Os “meus” anos. Muito menos nobres que os da autora francesa, é verdade. Na minha família, as conversas à mesa revelavam o que a sociedade brasileira tem de mais repulsivo: o preconceito, o racismo, o elitismo de uma classe média que tem certeza de sua superioridade em relação aos outros. Dois mais dois são cinco. O pobre é, sempre, um ignorante. O nordestino, também.

A campanha que opôs o jovem Lula, representante do proletariado brasileiro, nordestino, persistente, rude, resistente, ao aristocrático Fernando Collor de Mello, fazendeiro, oligarca, bem-nascido, jovem e bonito, acontecera mais de 30 anos atrás. 1989. Como é possível a existência, a persistência dessas memórias? Eu tinha apenas seis anos...

Lembro dos pais da Renata e da Fernanda Bordalo. A mãe era professora. O pai, engenheiro e sindicalista. Desempregado. Eu os via como pobres. Viviam com dificuldades. Valorizavam a cultura nacional. Olhavam estranho para mim e para minha irmã, que preferíamos as músicas em inglês. Moravam num apartamento pequeno. Alugado. Votavam no PT.

Lembro de perguntar aos meus pais: até o Sarney? Pior do

que o Sarney? O Sarney era para mim a linha divisória entre o bem e o mal da humanidade. Sarney foi o primeiro presidente civil, após mais de 20 anos de militares na condução política do Brasil. Um legítimo representante da continuidade. Transição à brasileira. Perdoar e esquecer. A maldita conciliação. Foi presidente da ARENA, o partido pró-militares, durante os anos sangrentos de ditadura dos quarteis. 21 anos. De 1964 a 1985. Da adolescência dos meus pais aos meus dois anos de idade.

Meu pai trabalhava. Minha mãe também. E a babá que cuidava de mim me ensinou a pensar o meu pequeno mundo a partir dessa linha divisória: Sarney. Pior do que o Sarney? Gostaria de me lembrar do seu nome.

Não consigo.

Nas minhas memórias, a babá está presente. Mas não o ser humano. A gente costuma dizer, no Brasil, que os empregados são como membros da família. Uma narrativa carregada de cinismo, de catolicismo, de escravismo. Familiares sem nome, sem história. Sem subjetividade. Como é mesmo que se chamava a minha babá?

Nas minhas memórias, também está a Heloísa. Estudou comigo no Santa Marcelina. Uma escola de freiras pomposa, no Alto da Boa Vista. Era 1992. Fernando Collor de Mello, o caçador de marajás, era o presidente do Brasil. Nas eleições de 1989, ele vencera o seu adversário. Lula da Silva. Porque era jovem. Bonito. E não era Lula, nem da Silva. No Brasil, os Lulas da Silva não venciam eleições.

Heloísa era da minha turma da escola. Tínhamos 9 anos. A mãe dela morava em Brasília. Era Deputada Federal. Não lembro de qual partido. Fernando Collor, o jovem e bonito, vivia momentos nada favoráveis: após o confisco da poupança da classe média, os ventos mudaram de direção. Aqueles que se viam como privilegiados sentiram, do dia para noite, a mão pesada e nada invisível do Estado.

Eram tempos de neoliberalismo. De Estado mínimo. Com o muro de Berlim, caíram também os sonhos, as utopias de muitas gerações. A palavra de ordem era o corte. O Estado eficiente, discreto, modesto. Que abre caminho à iniciativa privada. Modernização e reformas. Essas, mais do que necessárias ao Estado brasileiro. Inchado, e endividado. Anos e anos de farras entre os militares. Gastos e mais gastos. Boquinhas. E o saldo, de um profundo déficit nacional. O dinheiro de hoje compra a metade do que comprava o dinheiro de ontem. No mercado, os carrinhos de compras repletos de alimentos. As fiscais do Sarney. As compras de mês. Essa é outra das minhas lembranças persistentes. As filas intermináveis, nos caixas de supermercado. As pessoas com três, quatro carrinhos repletos de compras. O cenário era de guerra. Farinha pouca, meu pirão primeiro.

O combate à inflação passa pela adoção de mudanças estruturais. E o novo e bonito presidente dialoga com os novos e bonitos da nação. Como ele. Homens brancos. Do mercado financeiro. É deles, a solução. O confisco da poupança dos brasileiros é a saída. Sem dinheiro, eles não poderão mais comprar. Sem circulação, a moeda perde valor. Adeus, inflação. A racionalidade fria da economia. As soluções fáceis dos que raciocinam com cabeça de planilha.

O país volta aos trilhos. Como num verdadeiro trem-fantasma. Uma máquina sem gente.

De um dia pro outro, os que se consideravam "de boas famílias" sentiram o gosto amargo de uma vida de dificuldades. Meus pais tinham vendido um apartamento e comprado um terreno. Queriam construir uma casa: com quintal, piscina e cachorro. Mas o confisco da poupança de Collor foi mais rápido. E o que era para ser uma bela residência de classe média permaneceu, por muitos anos, sendo só um terreno.

Aos domingos, tínhamos programa certo: eu, minha mãe e minha irmã saíamos cedo da casa dos meus avós, nossa residência temporária, em direção à nossa futura morada. Mais de 20 km de bicicleta, à beira-mar. Chegávamos ao nosso destino exaustas e satisfeitas:

– É aqui que vamos morar!

Eu fazia de escorrega os inúmeros montes de areia espalhados pelo terreno. O que para mim era diversão era para eles incerteza. Ansiedade, frustração. A poupança do Collor confiscou os nossos sonhos. Os de muitos brasileiros.

Aí vieram os caras-pintadas. Jovens. E esperançosos. Que saíram às ruas, movidos pelo desejo mais que legítimo de mudança. Abaixo ao presidente! Impeachment já!!

Menos de dez anos após o fim da ditadura, o Brasil era de novo o palco de um verdadeiro mar de lama. Desvios. Corrupção. A marca registrada de um país no qual, há muitos anos, o sonho de cidadania vinha sendo atropelado pela crueza das ambições pessoais. O país do patrimonialismo. Das autoridades e dos doutores. Dos que respondem: "sabe com quem está falando?" aos que os constrangem. Os simples mortais. Cumpridores de ordem. Representantes de uma espécie de ficção republicana à brasileira.

Os Collor de Melo. As Zélias Cardoso. Os tesoureiros de campanha. Escândalos e mais escândalos. O presidente era acusado pelo próprio irmão de desvio de dinheiro público. O país assistia, incrédulo, a mais uma derrota da nossa breve experiência democrática. E a mãe da Heloísa era uma das poucas a ter nas mãos o direito de decidir por todos nós.

Tinha também o Leandro Piquet. Da família de Nelson Piquet, o famoso automobilista. Esse era outro dos meus colegas de turma. Amanhã, ele disse, eu não venho à escola. Ao que a professora respondeu:

– Por quê?

– Porque eu vou na manifestação dos caras-pintadas! E soltou uma gargalhada.

É isso a política, no Brasil. Uma grande piada. Pelo menos para aqueles que decidem o voto com base na aparência física dos candidatos.

Fernando Collor, o jovem e bonito, era o motorista do nosso novo trem-fantasma. Protagonista de um verdadeiro filme de terror. E os aterrorizados éramos nós: brasileiros, de norte a sul.

II

II

Eu. E minha família. Nós éramos os brasileiros do sul. Todos nós vivíamos no Rio de Janeiro. A capital histórica e simbólica do país. Meus pais tinham nível superior. Eram funcionários públicos. Ele, médico e militar. Ela, dentista e funcionária municipal. Meus avós maternos também eram médicos. Tinham diploma. Que no nosso país é visto como um verdadeiro título de nobreza. No Brasil, a educação distingue. A educação diferencia. Cada ano de estudo é um degrau a mais que subimos rumo à casta dos privilegiados. A diferença de escolaridade permite aos superiores que tratem os inferiores com desprezo. Os pais dizem aos filhos:

– Você precisa estudar, pra ser alguém.

Os que não estudam, não são ninguém.

Nova pausa nas minhas leituras dominicais. Não sei mais o que é literatura e o que é memória. O que é o enredo de Os anos e o que é o meu enredo. Preciso comer alguma coisa.

Hoje, aqui em casa, o almoço é brasileiro. Feijão, arroz, farofa. Com vinho branco, porque é domingo. E porque estou em Paris. Um verdadeiro repas franco-brésilien. O corpo se alimenta: a mente também. Continuo pensando nas histórias de Annie Ernaux. E nas minhas histórias.

Lembro de um carnaval em que o sucessor de Collor, Itamar Franco, caiu na folia com uma modelo de corpo exuberante e muito rebolado. Lílian Ramos, se eu bem me recordo de seu nome. Um prato cheio para o telejornalismo brasileiro. Câmeras e mais câmeras, no registro daqueles momentos íntimos, de descontração. E desatenção, também. O presidente era vendido como um homem senil. Presa fácil para aproveitadores, como a modelo de pouca roupa do carnaval carioca. Anos mais tarde, desconfiei que a construção imagética do presidente irresponsável talvez tivesse relação com as suas escolhas políticas: o vice de Fernando Collor era um político de pendores nacionalistas. Escolhera como um de seus ministros Celso Amorim, futuro homem forte do governo de Lula da Silva. Sim, aquele mesmo Lula da Silva. O da disputa contra o Collor de Mello. O que não pode ganhar as eleições. Itamar Franco era um tapa-buraco, cuja permanência no poder deveria ser provisória.

Naqueles anos, eu terminava o que seria na época a quarta série do ensino fundamental. Não tinha dificuldades de aprendizado, mas aprontava poucas e boas na escola onde estudava, reduto da moral e dos bons costumes da sociedade carioca. Uma escola cujos alunos eram, sempre, de boas famílias.

Havia um grande refeitório, em que nos reuníamos para o almoço. Grandes mesas de madeira escura. Longos bancos horizontais. Desconfortáveis. Aquele cheiro de uma comida insossa. Mal temperada. E o Jesus Cristo crucificado. Olhando por nós. A refeição era precedida pelas orações das freiras. Elas diziam as preces ao microfone. Nós as repetíamos. E só depois recebíamos o sinal verde. Já podíamos almoçar. Metade do que era posto no meu prato eu não queria comer. Os alimentos indesejados, eu enrolava num guardanapo e escondia, embaixo da mesa. Empurrava pro lado, onde estava sentada uma outra criança que levaria a culpa no meu lugar. Tudo cuidadosamente planejado. Mas numa escola de freiras, não há crime sem castigo. As minhas travessuras estavam longe de passarem despercebidas:

– NATÁLIA!

Do microfone da escola, ecoava uma voz grave e acusatória.

As crianças estremeciam.

E lá ia eu, em meio aos olhares de reprovação de centenas de pessoas. Deixava o meu lugar, para me sentar na mesa das freiras. Uma. Duas. Três vezes. Até que tudo aquilo foi virando parte da minha rotina. Um ritual. Com hora marcada. Era eu, a criança rebelde. Todo o cuidado é pouco.

Um dia, minha mãe foi chamada à escola para uma reunião com a freira supervisora. As irmãs estavam muito preocupadas com o comportamento de sua filha menor.

– Sua filha tem se comportado muito mal, senhora. Desobedece a todos. Convence os amiguinhos a não fazerem os deveres da tarde. Lidera a turma, contra as ordens da professora. A irmã mais velha é tão quietinha. Um anjo. Como podem ser tão diferentes?

– As pessoas são diferentes, irmã. Cada um é como é...

– Como vai a relação da senhora com o seu marido? Na família, tudo normal?

Silêncio. Constrangimento. Minha mãe, chocada, respondeu que sim. Tudo ia bem. Engoliu o mal-estar, cumprimentou a freira e foi embora para casa.

A família. É sempre ela. São sempre eles. A complexidade do mundo, a diversidade humana. A alegria, a tristeza. Os nossos sucessos e os nossos fracassos. Tudo isso cabe dentro desse mesmo quadrado: essa construção nuclear e asfixiante a que demos o nome de família. Era certo que meu "desajuste" se devia à relação disfuncional dos meus pais. Um casamento malfeito leva a isso. A uma criança malcomportada. Que desafia. Contraria. Desestabiliza. Eram eles, os responsáveis pelas minhas faltas. Meu pai. E minha mãe.

Uma vez, já adultos, fomos, eu e o meu namorado, passar a noite na casa da Fernanda. Fernanda Figueiredo. Eu e a Fernanda éramos amigas desde os três anos de idade. Nos conhecemos no jardim de infância, do Santa Marcelina. Fernanda tinha uma irmã mais velha. A Carol. A Carol e a minha irmã também eram da mesma idade. Em pouco tempo, nossos pais se tornaram amigos. Nos fins de semana, saíam juntos para jantar.

Eu passava muitas tardes na casa da Fernanda. Depois da escola. Minha mãe trabalhava. A mãe dela também, mas seus horários eram mais flexíveis. Tia Ângela. Nesses dias, ela nos buscava a todos, e nós descíamos, do Alto até a Barra, cantando as músicas do rádio e batendo palmas, ou brincando de "tudo o que o meu mestre mandar". A tia Ângela era uma mulher muito jovem. Bonita. Estava sempre sorrindo. Parecia completamente à vontade na função de mãe. No meio de todas aquelas crianças barulhentas. Divertia a todos com as brincadeiras que inventava. A cada dia, uma novidade. A casa da Fernanda era um dos meus lugares preferidos da infância.

Assim como faziam os nossos pais, eu e a Fernanda, já adultas, passávamos juntas muitos fins de semana. O namorado da Fernanda e o meu namorado se tornaram amigos. A antiga dupla de amigas inseparáveis foi sendo transformada num quarteto. A mim e à Fernanda, se juntaram o Guto e o Alex.

Depois de muita conversa e de algumas taças de vinho, fomos assistir a um vídeo antigo, de quando éramos crianças. Era uma fita VHS, vendida aos nossos pais, com algumas cenas do nosso cotidiano escolar. O lanche. O recreio. As aulas. O pátio.

Fernanda, já às gargalhadas, procurava impaciente o ponto alto do vídeo: a parte em que nós, as crianças, todas sentadas em dupla, éramos interrogadas por uma mulher que estava de pé, ao lado da professora.

– Como foi o dia de hoje, crianças?

De repente, giro da câmera. Furo de reportagem. Enquanto uma das crianças ainda balbuciava uma resposta, eu, algumas fileiras atrás, no canto direito da sala, segurava o coleguinha que se sentava ao meu lado pela gola do uniforme.

– O que foi que aconteceu, Natália?

– Ele estava me chateando, eu disse, com cara de pouquíssimos amigos.

Todos rimos. Aquela Natália, a da infância, já parecia nos mostrar a que veio. Os desaforos, mesmo os vindos dos meninos, nunca ficavam sem resposta. E continua sendo assim. À diferença de que, hoje, os meus combates são de outra natureza.

Aquele vídeo nos abriu as portas de um passado que já nos parecia muito distante. Quantos anos tínhamos ali? Uns cinco? Seis anos? Estávamos em 2005. Lula da Silva era o presidente do Brasil.

III

Paris. Fin d'après-midi. Já passa das 17h. Da minha janela, observo o dia lá fora: um mosaico de variados tons de cinza. O cinza de um típico dia frio de outono. O cinza dos prédios haussmanianos da rua. As horas avançam, e eu continuo capturada pela narrativa potente de Ernaux. Seu texto nos transporta com uma força impressionante para a França do pós-guerra. Da segunda metade do século XX. As datas. Os nomes. As marcas. Uma avalanche de informações, de referências. Fragmentos de memória, pessoal e coletiva. As greves de 1936. O front popular. O 18 de junho. A ocupação. Pétain, De Gaulle, Moulin. O desembarque. A libertação. E depois, os anos de glória. Trinta gloriosos. A Quarta República. A seguridade social. Renault, Michelin, Carrefour. Moulinex. O nascimento da sociedade de consumo francesa. A libertação da Indochina. Da Argélia. A morte de Stalin. Camus. Sartre. Beauvoir. Malraux.

Há também os pequenos hábitos. Os de dentro de casa. O dia a dia. As festas de rua. Os apresentadores de TV. As provas da escola. Grande parte dessas referências me escapa. Intercalo momentos de leitura a momentos de pesquisa.

Mais algumas páginas e estou em 1968. No coração da outra

Revolução Francesa. A cultural. Annie Ernaux divide conosco a forma como ela, uma jovem professora, foi surpreendida por todos aqueles fatos. As greves estudantis. O desejo de reformas. O inconformismo em ascensão. Até virar uma cólera: que se expande, em ondas, por toda a França. Universidades fechadas, em todo o país. É proibido proibir. Faça amor, não faça a guerra.

A denúncia ao imobilismo das instituições de ensino se converte em denúncia ao anacronismo de uma sociedade onde ainda se vive e se pensa "como nossos pais". O moralismo. A religião. O machismo. As mulheres sobem ao primeiro plano. Reivindicam o direito à soberania do próprio corpo. Ao prazer. E à liberdade. São momentos de embriaguez. Finalmente, a geração dos anos 1940 encontra o seu combate. Uma luta para chamar de sua. Não são mais as trincheiras. Não é mais o universo clandestino dos resistentes. Em 1968, o teatro de guerra é montado no coração de Paris. As barricadas, pelas ruas, são o marco simbólico entre a França que se projeta nos sonhos de uma nova geração e a velha França. A que se quer deixar para trás.

Mas nem tudo são flores, nesses anos de grande ebulição. Charles de Gaulle se recusa a deixar o poder, após 10 anos no comando do país. A assembleia Nacional é fechada. Os grevistas entram em acordo com o governo. A força inexorável das transformações de maio parece menor do que se pensou.

Há, também, as vítimas colaterais desses dias inesquecíveis, em que o mundo que se sonhava pareceu muito mais próximo. Ao alcance das mãos. Uma delas é Gabrielle Russier. Seu "affaire" é citado por Ernaux mais de uma vez: Quando Pompidou, o novo presidente, lhe presta uma tímida solidariedade, e quando ela, a autora, passando em revista aqueles anos tão marcantes, nos revela que a jovem francesa pôs fim à própria vida, após sair da prisão. Estamos em setembro de 1969.

Prisão e suicídio. Dois elementos aos quais nunca ficamos indiferentes. Que estão na contramão do que motiva e movimenta o maio de 1968. A vida. E a liberdade. Uma rápida pesquisa de internet me põe a par dos acontecimentos. Gabrielle Russier: mulher, e intelectual. Uma jovem professora. Competente. Cativante. Ocupa a cátedra de Letras de um Liceu de Ensino Médio, na cidade de Marselha. E é a partir dessa cidade, no sul da França, que professora e alunos assistem ao emergir do furacão das revoltas de 1968.

Na escola, os alunos se organizam. Reuniões. Assembleias. Comissões. A juventude marselhesa também busca o seu lugar. Também tem o que dizer. Nessa verdadeira multidão de vozes anônimas, há aqueles que mais se destacam. Os mais motivados. Nesse caso, Christian Rossi. Filho de intelectuais de esquerda. Comunistas. Um jovem, de muitos projetos, apesar da pouca idade. 16 anos. Como ele, são também os seus colegas mais próximos. O grupo se aproxima da jovem professora. Juntos, eles organizam o apoio da instituição às manifestações, que tomam as ruas de Marselha. Juntos, planejam e constroem seu pedaço de revolução: a sua parte naquele todo, que tomou o país de assalto. É proibido proibir.

A identidade de projetos, o desejo de mudança. Os ventos da liberdade embalam os sonhos de Gabrielle e de alguns de seus alunos. O mesmo vento, que também sopra na direção dos novos laços. Novas amizades. E novos amores. O que 1968 uniu, o homem não separa. Praia, ski. Fins de semana, divididos com o grupo do Deuxième C. Gabrielle, a professora de 32 anos, e Christian, o aluno de 16, sont éperdument amoureux. Perdidamente apaixonados. Os pais do adolescente, intelectuais e comunistas, se opõem à história de amor vivida pelo filho. Protagonistas das manifestações de 68 na universidade em que lecionam, eles erguem barricadas contra a revolução que vem de casa. Faça amor, não faça a guerra. Quanto mais eu faço amor, mais eu faço a Revolução. Palavras de ordem. Da porta para fora.

Os dias seguem. E a situação se complica. Christian vê na postura dos pais a face repressora do Estado francês. A insubmissão do filho eleva o tom do descontentamento dos pais, numa bola de neve de respostas e contrarrespostas. À ausência do filho, que se recusa a voltar para casa, os pais respondem acionando a justiça. Sequestro de menores. E Gabrielle, a professora, vai parar na prisão. Presa. Solta. Presa. Solta. O caso ganha ares de um drama nacional. E os pais de Christian vão seguindo adiante, no seu processo inquisitorial. Na proteção da família. Da moral. E dos bons costumes. Os amigos da universidade os observam estarrecidos: como compreender esse comportamento pequeno-burguês vindo de um nome de peso da esquerda local?

A racionalidade da vida não é a mesma dos livros.

Gabrielle não pôde suportar o calvário a que foi submetida. Exausta, deprimida, desfigurada, pôs fim à própria vida, após ter passado mais de 50 dias encarcerada.

Pausa. Definitivamente, Annie Ernaux me perturba. Olho pela janela. Está escuro. E ainda mais frio. A meteorologia do exterior corresponde à minha temperatura interna. Ao que circula pelas minhas entranhas. Por dentro, também sou noite. Sou tristeza. Sou inverno. Choro por Gabrielle. E por mim.

O caso Gabrielle Russier faz a França reviver os dias intensos, a fervura do ano anterior. L'Aurore, Libération, Le Canard Enchainé. Porta-vozes da esquerda francesa estampam nas primeiras páginas a solidariedade e a indignação com o fim trágico da professora de Marselha. Raiva. Cólera. Abaixo-assinados. Tudo e nada mudou, depois de 1968. Charles Aznavour lhe dedica uma composição: Mourir d'aimer. Gabrielle: a professora que morreu de amor.

Uma vez mais, as memórias de Ernaux são também as minhas. Dessa vez, memórias muito menos distantes que as daquela criança, que separava a humanidade entre os melhores e os piores do que o Sarney. Nelas, reaparece a professora de História. De Ensino Médio. De 32 anos. Uma mulher. Uma intelectual. Também competente. Também cativante. Mergulhada, absorvida pelo trabalho. Aulas, provas, textos. Reuniões. Atividades de fim de semana. Colóquios. Palestras. Seminários. Eu fazia tudo o que me pediam, e muito mais. Produzia e produzia. Enquanto pensava na História, esquecia de mim.

No terreno das ideias, eu me sentia segura. Terra firme. Meus poucos anos de vida acadêmica já me haviam rendido muito do que me orgulhar. Um excelente desempenho na faculdade. Depois, o mestrado. Premiações: no Brasil e na França. Aprovações em concursos. Era esse, o meu espelho preferido. Ali, eu conseguia me olhar de frente. E me enxergar.

Mas na vida conjugal, a terra tremia sob meus pés.

Casamento. Um pacto de silêncio. De silêncios, acumulados. Que emudeciam o meu corpo e minha alma. Um juramento. Carregado de muitas angústias. Incertezas.

Rejeição.

E tristeza.

– Era assim mesmo que eu te percebia, Nat. Sempre muito irritada. Insatisfeita. Uma aura de tristeza à sua volta, sabe? Imaginava que alguma coisa não ia bem entre vocês.

Foi o que me disse a tia Ângela, a quem eu confiaria os meus segredos mais íntimos, muitos anos depois daquelas tardes divertidas que eu passei em sua casa.

Dois corpos. Subjugados. Inertes. Ali, um diante do outro. E duas mentes. Torturadas. Sujeitas a um mórbido espetáculo, que se repetia a cada dia. Uma sucessão de boa-noites e bom-dias completamente vazios de desejo. O sexo era uma coisa que não fazia mais parte da nossa vida de casal.

Dois corpos, que se dão as costas. Cônjuges. Prisioneiros, um do outro. Éramos dois jovens, de pouco mais de trinta anos: vivendo como se fôssemos um casal de octogenários. Ao contrário da morte de Gabrielle, a minha morte era a da ausência de amor. Estávamos em 2015. Dilma Rousseff era a presidenta do Brasil.

IV

IV

Sempre achei curioso o quanto a minha vida é inteiramente atravessada por essa instituição: a escola. Justo eu. A criança inadequada. Que não se enquadra nos padrões. No que a escola categoriza como sendo os "bons alunos". Aos 37 anos, depois de mais de 10 anos dedicados ao ensino, eu continuo passando boa parte da minha vida entre os seus muros. Atualmente, em Paris. Na condição de estudante. Um lugar no qual eu me sinto enormemente confortável.

A universidade me permite o contato com os novos trabalhos acadêmicos. A surpresa. O aprendizado. O encantamento. A primeira disciplina que fiz na universidade francesa foi sobre a Resistência: homens e mulheres, de esquerda e de direita, que se engajaram em movimentos de combate à ocupação nazista do território francês, durante a Segunda Guerra Mundial. O professor era um jovem concursado. Beirando talvez os 50 anos. Chegava cedo. Nos cumprimentava a todos. Na primeira aula, pediu que nos apresentássemos e disséssemos qual era o nosso tema de pesquisa. Tremi. A obrigatoriedade de me expressar publicamente em francês me deixava enormemente desconfortável.

Ao contrário do que me diziam dos professores franceses, frios e pouco expressivos, eu adorava as suas aulas. Os temas propostos. A bibliografia. Sua motivação e entusiasmo com o tema, que ele multiplicava e dividia conosco, todas as quartas-feiras, às 9h da manhã. Numa pequena sala do número 105, Boulevard Raspail.

Saía da sala com fome. Às vezes, direto para uma livraria. Levava comigo anotados os títulos que o professor havia mencionado no dia. Marguerite Duras. Marc Bloc. Jean-Pierre Vernant. Resistentes. Como eu, mas de outro modo. Resisti aos que me diagnosticavam inapta ao ambiente escolar. Aos que associam bom comportamento à falta de criticidade. À obediência cega. Foi a desobediência que me fez chegar até aqui.

Quando penso em desobediência, é inevitável: penso na escola onde estudei na infância. O Santa Marcelina: lugar onde, por vias tortas, eu aprendi a amar os livros. Meus fiéis companheiros de vida. Estão sempre comigo. Para onde quer que eu vá.

Lembro das discussões com o meu ex-marido, quando íamos viajar.

– Não tem necessidade de levar tantos livros, Natália! Você não vai ler tudo isso, vamos passar só duas semanas viajando!

Eu levava, ainda assim, todos os livros que havia separado. Um adicional considerável de peso nas nossas bagagens. Poderia ter guardado essa cota para trazer outras coisas do exterior. Roupas. Bolsas. Maquiagens. Mas não fazia. As minhas escolhas obedeciam a uma racionalidade que eu mesma inventei. Valia a pena "desperdiçar" bagagem para levar comigo um livro de 800 páginas, das quais 700 eu já havia lido. Valia a pena. O que não vale a pena é ser obrigada a esperar 15 dias para terminar de ler o meu livro do momento. Isso não vale a pena.

A primeira vez que pisei numa biblioteca, foi no Santa Marcelina. Uma sala grande. Enorme. Grossas prateleiras de madeira maciça. Livros antigos: muitos deles, com títulos em letra dourada e encadernação de couro. Folhas quebradiças e amareladas. O cheiro de mofo, tão característico das obras centenárias. Um ambiente mágico. Misterioso. Cheio de pompa. Um pouco intimidador, também. Naquela época, eu mal havia saído da classe de alfabetização. A minha compreensão do mundo ainda não passava pelo universo dos códigos escritos. Mas aquele cenário me provocava encantamento. Eu não queria mais sair dali.

Fui parar na biblioteca da escola como forma de punição. Não fiz as tarefas da tarde, e por isso, perdi a Educação Física. As crianças da turma foram para a quadra de esportes. Eu fui para a biblioteca. A biblioteca foi o meu castigo. A prática de esportes é a recompensa aos que se comportam bem. Tudo isso, hoje, me provoca perplexidade. Uma instituição pedagógica que ignora a dimensão educativa de um lugar como a biblioteca. Que pensa o esporte como diversão. Apenas. Heranças de longa duração, num país onde o aprendizado de todos nunca esteve no horizonte. O país do improviso.

Outra biblioteca que marcou os meus primeiros anos de vida foi a biblioteca da minha avó. Marina. Uma mulher taciturna. De aparência frágil. Distante. Andava devagar, com dificuldade. Seu olhar nos atravessava. Seus pensamentos a levavam para longe. Seu universo não se comunicava com o nosso. O das crianças.

Estava, sempre, na biblioteca. Entrava. Passava os olhos rapidamente pelas prateleiras. Escolhia um livro, e saía. As crianças não podiam entrar. Aquele era, para nós, um espaço proibido. A chave da biblioteca, minha avó carregava com ela.

Proibido e valioso, eu pensava. Fechado a chave. Protegido. Como um tesouro. Se na escola me ensinaram que a biblioteca é o lugar para onde se manda as crianças que estão de castigo, na casa da minha avó, eu aprendi o inverso. A biblioteca era ali um espaço quase intocável. Com redoma de vidro. Eu passava dias e dias imaginando o meu momento de entrada por aquele portal. A imagem da minha avó, aquela senhorinha frágil, com uma pilha de livros nos braços, também me impressionava. Ela era, para mim, uma figura enigmática. Diferente de todos os outros.

O desejo de conhecê-la talvez tenha sido o motivo pelo qual eu fui arrastada para o seu universo. Hoje, mais de 30 anos depois, sinto-me, de alguma forma, a herdeira simbólica do que foi a minha avó. Os seus livros, eu fui a única que fiz questão de guardar. Goethe, Dante, Shakespeare, Dumas. Beauvoir. Eles são parte do meu inventário afetivo.

Meus avós moravam num apartamento de 300 metros quadrados, de frente pro mar. Já tinham passado dos 70 anos. As bodas de ouro se aproximavam. Conheceram-se na faculdade, há mais de 50 anos. Ele, um jovem ambicioso, inteligente, de origem humilde. Um dos poucos suburbanos a dividirem as salas de aula dos cursos de Medicina com os bem-nascidos da elite carioca. Vinha do Jacaré.

– Da minha turma, eu era o único que trazia o almoço de casa. Todos os meus colegas moravam perto da faculdade. Voltavam para casa, no intervalo entre as aulas da manhã e as da tarde. Meu apelido virou "o da marmita".

Naquela época, a faculdade de Medicina da Universidade do Brasil ficava na Urca. Ao lado do Pão de Açúcar. O único negro da turma era o meu avô.

Ela, uma mulher do interior de Minas Gerais. De origem aristocrática. O pai, fazendeiro, morrera muito jovem. Após a sua morte, mãe e filha foram expulsas da propriedade que pertencera ao seu pai. Mudaram de cidade. Refizeram a vida. Sozinhas. Depois de alguns anos, sua mãe casou-se novamente, com um alemão, rígido e pouco afetivo. Juntos, os dois garantiram à jovem Marina uma formação de qualidade, que lhe permitiu acessar espaços reservados exclusivamente aos homens: como a faculdade de Medicina. Estávamos na década de 1940. Getúlio Vargas era o presidente do Brasil.

Leitora inveterada. Aluna destacada. Curiosa. Inteligente. Essa era a minha avó. Tirou de letra a faculdade de Medicina. Deixava para trás muitos dos marmanjos que assistiam às aulas com ela. Aprendia rápido. Resolvia os casos. Mas era mulher. E isso é justificativa suficiente para que suas opiniões não fossem tão consideradas. Para que o seu talento fosse emudecido. Com pouco mais de cinquenta anos de idade, professora universitária, minha avó foi afastada definitivamente de suas funções. Sofria de labirintite e depressão. Seu refúgio eram os livros.

V

V

Gabrielle Russier. L'enfant prématuré du mai 1968. Passados alguns dias dessa trágica descoberta, seu nome ainda me ocupa os pensamentos.

Estou no Marais. À la Bibliothèque Historique de Paris. 24, Rue Pavée. Em condições normais, eu passaria o dia numa das cadeiras de couro esverdeado que o lugar dispõe. Avançaria nas minhas pesquisas. Escreveria um pouco mais.

Em condições normais.

Abro o computador. Escrevo alguns parágrafos. Hesito. Volto a escrever, a atenção dividida entre o texto da universidade, as mensagens do celular e a história de amor de final trágico, na Marselha do final da década de 1960.

Nova pesquisa de internet. Descubro que o Le Monde acaba de publicar uma série de seis grandes reportagens sobre o affaire Gabrielle Russier. Tento acessar os textos. A internet da biblioteca é lenta. Volto para casa.

Dedico toda a segunda metade do meu dia à leitura. De textos. De fotografias. De letras de música: como a de Aznavour. Descubro que o caso também rendeu um filme, lançado em 1971. Com Annie Girardot no papel de Gabrielle. Mourir d'aimer. Não encontro o filme em lugar nenhum. Preciso assisti-lo.

As reportagens do Le Monde me levam novamente às lágrimas. Um conjunto de relatos bem escritos, detalhados, cuidadosos e sensíveis. Vou descobrindo melhor a trajetória de uma professora com uma carreira brilhante pela frente. Presto atenção em cada foto. Aquelas cenas, aqueles sorrisos, aqueles momentos felizes que Gabrielle viveu na companhia de Christian me emocionam. Não sei bem como entender a confusão de sentimentos que me invade. Um misto de tristeza e de alívio. Quando estava na prisão, Gabrielle escreveu:

"Espero que essa história sirva para alguma coisa no futuro."

Alguns dias mais tarde, ela poria fim à própria vida.

Cinquenta anos depois, sinto vontade de respondê-la. Sim. Tudo o que você viveu; todo o seu sofrimento serviu para alguma coisa, Gabrielle. Para muita coisa. Serviu para me fazer compreender que a sua história, e a minha história, foram simplesmente histórias de amor. Mais do que histórias entre uma mulher mais velha e um homem mais novo, entre uma professora e um aluno ou ex-aluno: foram histórias vividas por dois seres humanos, que se encontraram devido às circunstâncias da vida. E a força desse encontro, o magnetismo, a potência do sentimento que nascera dali não poderia ser controlada. Nem mesmo pela resposta implacável e imediata dos que nos apontaram o dedo. Dos julgamentos. Dos preconceitos. Da incompreensão dos outros. Gabrielle me ajudou a recuperar a narrativa da minha própria história. Minha, e do Marcelo.

Não consigo me lembrar da primeira vez em que nos vimos. Eu e o Marcelo passamos a frequentar o lugar em que nos encontraríamos no mesmo ano. 2013. Ele, na 1ª série do Ensino Médio. Eu, professora. Passamos dois anos ocupando os mesmos espaços, sem nos conhecermos. Não sei se ele já tinha me visto antes. É possível. Os professores são sempre mais notados que os alunos. Eu nunca o tinha visto.

A escola em que eu trabalhava, e em que Marcelo estudava, era uma espécie de internato. Os alunos moravam na escola durante todo o ano letivo. Os professores e as professoras dividiam com eles uma rotina que ia para muito além das disciplinas acadêmicas. Praia. Piquenique. Cinema. Fins de semana culturais. Um prato cheio para a formação de vínculos. Era muito comum que ex-alunos e professores se tornassem amigos próximos. Não era o meu caso.

Apesar de ser querida pelos alunos, eu não tinha o perfil de professora que cria laços com eles para além da sala de aula. Tinha um carinho enorme por todos. Mas não passava disso.

Até que veio 2015. Naquele ano, eu seria a responsável pelas aulas de História de seis turmas da 3ª série do Ensino Médio. As aulas começaram. Fomos nos conhecendo: eu e os alunos. A identificação foi imediata. A turma daquele ano tinha alguma coisa de diferente: um interesse maior pelos temas abordados nas minhas aulas. Uma vontade de refletir sobre o mundo em que viviam. Foi amor à primeira vista.

Justamente nesse ano, eu conheci o Marcelo. Ele era um dos mais de 100 alunos daquela turma. Um menino tímido. De poucas palavras. Nas aulas de História, quase nunca aparecia.

Não fazia comentários. Não participava das discussões. Nos primeiros meses, eu não o tinha notado.

O tempo foi passando e foi surgindo aos poucos o Marcelo que entraria para a minha história.

Quando acabavam as aulas, ele se aproximava da minha mesa. Fazia um comentário. Um elogio. Pedia uma indicação de livro. Lembro de um dia ter-lhe emprestado um romance de George Orwell. Lutando na Espanha.

Vieram as provas. A prova do Marcelo era daquelas que não nos deixam indiferentes. Ele escrevia divinamente. Um texto impecável. Ideias claras. As suas respostas às questões deram início a um tímido diálogo entre nós. Entre as suas ideias e as minhas.

Ele era daqueles alunos brilhantes. Interessado por tudo. Tinha dificuldade de escolher o curso para o qual prestaria vestibular, porque todas as disciplinas lhe despertavam interesse.

– Eu acho tudo importante, Nat.

Um dia, ele me perguntou sobre os cursos de Filosofia. Eu disse que, antes de optar pela História, tinha estudado Filosofia, sem completar o curso. Comentei um pouco a diferença entre as universidades e as lembranças positivas que eu guardava daqueles anos vividos na Faculdade de Filosofia da USP.

Alguns meses mais tarde, ele seria aprovado não só no vestibular da USP, mas também no da Unicamp e da UFRJ.

– Não tinha como não escolher a USP, Nat. Desde aquele dia, eu criei uma relação de afeto com o curso. Não sei explicar.

Não conseguiria mais estudar em outro lugar.

Vieram as férias de julho. Marcelo levou para casa outro livro emprestado: O homem que amava os cachorros.

Na volta às aulas, ele veio até a minha sala devolvê-lo. Conversamos um pouco. Comentamos as nossas impressões sobre o livro. Àquela altura, nós já nos conhecíamos. E nos percebíamos.

Uma das coisas que mais me impressionavam no Marcelo era o seu olhar. Às vezes, no meio de uma explicação, eu procurava os seus olhos: completamente voltados para mim. Um olhar que tinha uma força. Que comunicava tanta coisa...

Admiração. Mas não só isso. Ele me olhava como se o que eu dizia fosse a coisa mais interessante que ele já tinha ouvido na vida. Era como se, quando me ouvia, tudo ao seu redor emudecesse.

Ali, talvez, tenha começado essa espécie de magnetismo que existia entre nós. Seu olhar era, para mim, como um espelho. Eu conseguia me ver através dos seus olhos. Aquela imagem me fazia muito bem: era a imagem de alguém que pode ser amada.

Sem perceber, fomos nos aproximando. Passávamos cada vez mais tempo juntos. Conversávamos sobre tudo. Não víamos a hora passar.

Um dia, ao sair de uma prova, ele me viu sentada num banco. Sozinha.

– Nat, está tudo bem?

Ficamos ali, naquele banco, os dois, por não sei quantas

horas. Eu disse para ele coisas que ainda não tinha conseguido dizer nem para mim mesma. Fiz confissões sobre o meu casamento, que não ia bem. Ele me escutava, com os ouvidos e com os olhos. Eu sentia paz.

Às vésperas do fim do ano, fui sendo tomada por uma angústia. Em muito pouco tempo, nosso convívio seria interrompido. Bruscamente. A essa altura, eu já havia percebido que o que sentíamos um pelo outro era alguma coisa muito forte. Numa de nossas conversas, dividi com ele o sonho de estudar em Paris. No futuro. Talvez um doutorado. Ou um pós-doutorado.

– Me espera. Daqui a quatro anos, eu termino o meu curso. A gente pode ir juntos. Eu posso fazer um mestrado...

Aquelas palavras se repetiam em eco na minha cabeça. Me espera. Me espera. Me espera...

Lembro da primeira vez que tive coragem de verbalizar o que estava sentindo para alguém. Lembro dos olhos esverdeados e arregalados da Alessandra, na minha direção. Sua primeira reação foi soltar uma gargalhada. Daquelas bem altas. Ela ria de nervoso.

– Isso pode te prejudicar, Natália.

– Eu sei. Mas não existe nada entre a gente, Alê. É só um sentimento, uma relação platônica...

Minha sensação já era a de sujeição total. Eu me sentia pequena diante daquilo tudo. Como se tivesse sido habitada por um sentimento que me ultrapassava. Que eu não conseguia entender. Nem interromper.

A um mês do fim das aulas, eu já não queria mais voltar para casa. Se pudesse, dormiria num banco da escola. Em breve, nos separaríamos. Vivíamos numa espécie de contagem regressiva. Corríamos contra o relógio.

Passávamos as tardes e as noites juntos. Conversando. Às vezes, até depois das 22h. Tínhamos assunto para os nossos próximos cem anos de vida.

Enquanto conversávamos, seus amigos o chamavam para assistir aos jogos de futebol que passavam na televisão. Ele ignorava. Era como se estivéssemos numa outra dimensão. Não ouvíamos ninguém. Nada no mundo era mais importante que aqueles momentos que passávamos juntos.

Fecho os olhos, tanto tempo depois, e ainda consigo visualizá-lo: a bermuda, os chinelos, a blusa regata, de um azul desbotado. O corpo sentado, inclinado na minha direção. O sorriso nos lábios. E um olhar intenso. Permanente. Aqueles olhos, que não me perdiam de vista. O sentimento entre nós já transbordava. Se alguém passasse por aquele corredor naquelas horas, corria sério risco de sair dali contagiado.

« Ce n'était pas une passion. Ça, c'était l'amour. » Foram essas as palavras de Christian Rossi, na única vez em que se pronunciou publicamente sobre a história que vivera com Gabrielle. Estávamos em 1971. Depois disso, mais nada. Quando lhe perguntam sobre o assunto, a resposta é sempre a mesma:

« C'est mon jardin secret. Je le garde pour moi. »

VI

VI

"Oi, Marco. Preciso muito de uma nova sessão essa semana. Você teria disponibilidade? Beijo, Natália."

Conheci o Marco em 2016. No ano que foi, talvez, o mais difícil da minha vida. Recém-separada. Com uma filha pequena. O ex-marido em campanha aberta de difamação contra mim: tinha sido abandonado, sem nenhum motivo.

– Natália está maluca!

E a sensação de que um enorme buraco se abria diante dos meus pés. Eu me sentia absolutamente perdida. Sem referência. No meio de uma conversa, perdia o foco. O pensamento ia longe. Se pudesse, passaria dias inteiros dormindo. Buscava concentração desesperadamente. A vida precisava continuar. Mas eu não conseguia.

– Natália? Você está me ouvindo?

– NATÁLIA?

– Ahn? Desculpa, Alê, não prestei atenção em nada do que você disse...

– Eu sei, eu vi! Você precisa procurar um analista. Agora.

Imediatamente.

Sem dúvida nenhuma eu precisava de ajuda. Mas me sentia sem energia para tomar alguma atitude. Eu simplesmente não tinha forças.

Também não conseguia mais ser a professora que eu sempre fui. Eu escrevia de próprio punho os textos que enviava aos alunos. Citava autores da historiografia, dividia com eles os novos debates, as novas hipóteses que se discutiam nas universidades. Propunha atividades diferentes. Um mergulho mais profundo nos temas. Trazia historiadores e cineastas para escola. A minha vida era um pouco aquilo tudo. Aquele universo. E, de repente. Nada. Se conseguisse me levantar da cama e sair para trabalhar, já seria uma vitória.

Depois de repetidas conversas com a Alê, resolvi procurar o telefone da Karen. A Karen é uma psiquiatra, que estudou Medicina na mesma turma da minha irmã. Além de colegas de turma, as duas eram muito próximas. Karen estava sempre conosco. Vivia lá em casa. Compartilhamos muita coisa juntas.

Como as choppadas organizadas pelos alunos da Medicina. Não perdíamos uma! Ou a Copa do Mundo. Assistimos aos jogos, a grande parte deles, na casa dos meus pais. Não só eu, minha irmã e a Karen, mas quase a metade da turma delas. Nosso apartamento era enorme. Num condomínio de luxo. Com piscina, sauna, quadra de tênis. Uma verdadeira colônia de férias.

Como o torneio foi no Japão, os jogos eram de madrugada. Eles chegavam mais cedo. Traziam cerveja. Fazíamos churrasco. Conversávamos, gargalhávamos, o tom de voz da maioria já nas alturas. Uma festa. Quando começavam os jogos, ninguém mais tinha condições de assistir ao que quer que fosse. Bons tempos. Estávamos em 2002. O Brasil ganhou a Copa do Mundo, e Luís Inácio Lula da Silva ganhou a presidência do Brasil.

– Não acho que o seu caso seja de medicação, Natália. Vou te prescrever um afastamento do trabalho. Vou te deixar também uma receita, caso você perceba que as dificuldades com o sono aumentem. E vou te indicar o nome de um amigo. Uma pessoa em quem eu confio muito. Acho que uma terapia pode ser muito importante para você.

Logo depois, marquei a minha primeira sessão de terapia. Eu me sentia apreensiva. Não via como seria possível para mim dividir uma história dessas com alguém que não conhecia. Uma história de amor. Com um menino mais novo que eu. Que tinha sido meu aluno no ano passado. Mas também uma história de muitas angústias, acumuladas há muitos e muitos anos. Um peso enorme, que eu não me sentia mais capaz de suportar.

Como num passe de mágica, as palavras vieram. Naquele espaço fechado, austero, no meio da Barra da Tijuca. Meu sentimento era o de que eu podia e devia falar. Aquela era a minha história. Não lembro de muita coisa dessa primeira sessão. Mas depois dali a relação de confiança entre mim e o meu analista se estabeleceu. Eu passaria os próximos anos dividindo com ele o que pensava, o que sentia e o que pretendia fazer.

– Oi, Marco. Então. Eu senti necessidade de uma nova sessão essa semana porque essa história de escrever sobre a minha vida acabou mexendo comigo mais do que eu pensava.

– ...

– A leitura de Annie Ernaux me fez repensar muitas coisas. É como se agora eu me sentisse autorizada a contar a minha história. Sou eu que tenho que contá-la. Eu que vivi. A história é minha.

— É importante que você se sinta mesmo autorizada a contar o que viveu. Acho que essa autorização é múltipla: vem da França. Da Gabrielle. Do seu pai, que não está mais presente. Do próprio Marcelo.

— Sim. Eu acho muito curioso que seja justamente a França o lugar para onde eu sempre quis vir. Que eu tenha dividido com o Marcelo o desejo de vir pra cá, em 2015. E que, em 2017, dois anos depois, tenha chegado à presidência da França alguém que viveu uma história parecida com a minha...

— Foi importante você conhecer melhor essas histórias...

— Sim. Foi difícil, pra mim, escrever essa história. Mas foi bom. Eu entendi, definitivamente, que a história que eu vivi, junto com o Marcelo, foi outra coisa. Foi muito forte. Foi duro. Foi muito difícil pra mim. Mas foi, sobretudo, uma história bonita. Entendi que eu tenho o direito de me reapropriar da minha história.

VII

VII

Lembro do meu primeiro natal em Paris. Era dezembro de 2018. Meu aniversário, de 36 anos. Aquela seria a primeira vez na vida que eu passaria o Natal, e o meu aniversário, sozinha. Eu tinha saído do Brasil no dia das eleições. O provável vencedor seria Jair Bolsonaro, favorecido por uma série de fatores: o crescimento mundial da extrema-direita. Um ataque à facada, curioso e mal explicado, do qual ele foi vítima, a algumas semanas das eleições. O ódio ao PT, cada vez mais forte, e insuflado pela imprensa. A indústria de Fake News. A prisão de Lula.

O cenário parecia desolador. Acordei cedo, malas prontas, e fui votar. Não poderia deixar de exercer o meu direito, justo nesse momento. Um período que me parecia crucial para história do país. Um divisor de águas.

Como seria, para mim, um divisor de águas a mudança para Paris. A realização de um sonho antigo. De um desejo. O retorno à universidade, quase dez anos depois da defesa da minha dissertação de Mestrado. O desafio de me expor a uma nova língua. A novos códigos. A novas pessoas. A distância temporária da Malu. E, depois, o desafio ainda maior de cuidar dela sozinha.

Eu e o seu pai concordamos que ela ficasse no Brasil até o fim de dezembro, para terminar o ano letivo. Enquanto isso, eu faria a mudança e me estruturaria para recebê-la, no início de janeiro.

Meus primeiros meses morando em Paris foram inesquecíveis. Tempos de euforia. Eu me sentia privilegiada: alguém que tinha tido a sorte e a coragem de agir para transformar um sonho antigo em realidade. As aulas da universidade eram incríveis. O prédio, em Boulevard Raspail, estava localizado numa das regiões mais bonitas e mais nobres da cidade. Eu saía das aulas, dobrava à direita na Rue de Fleurus e seguia reto, até chegar no Jardim de Luxemburgo. Passava a tarde inteira por lá, entre almoço, leitura e descanso. Mal acreditava que a minha rotina, a partir daquele momento, seria essa.

Pouco mais de um mês depois da minha chegada, eu conheci a Rafaela. Uma socióloga, do Paraná, fazendo doutorado sanduíche no IHEAL-Sorbonne. Estávamos, as duas, sentadas numa sala de espera de um prédio, Rue de Rennes. Esperávamos o início da apresentação de François Weigel, um amigo. Ele apresentaria um trabalho sobre a obra de um dos autores brasileiros aos quais dedicou a sua pesquisa de doutorado. Ali, na sala de espera, trocamos algumas frases. Depois continuamos a conversa, na pizzaria onde se reuniriam os participantes do evento. Trocamos telefones, e logo marcamos o primeiro encontro.

Nosso lugar preferido de Paris era a Bastilha. Mais precisamente, a Rue de Lappe. Uma ruazinha estreita com muitas boates e bares noturnos (entre eles, um com o nome sugestivo de Les Sans-Culottes) onde passamos bons momentos, mas também algumas roubadas.

Como no dia em que fomos perseguidas por dois homens que, numa dessas boates, resolveram agir como se fossem nossos guarda-costas. Se, quando dançávamos no meio da pista, alguém fazia menção de se aproximar, eles se colocavam no meio, impedindo a passagem. Monitoravam nossos passos. Não importa onde estivéssemos, lá estavam eles. Decidimos ir embora. Eles vieram atrás. Um deles queria porque queria marcar comigo um jantar no dia seguinte. Aquilo já estava me parecendo exagerado. Trocamos telefones, para que ele me deixasse ir embora. Depois, fui submetida a um bombardeio de mensagens e de ligações, nunca atendidas. Até que ele finalmente me deixou em paz.

Ou como no dia em que, mortas de fome e quase às cinco horas da manhã, descobrimos, nessa mesma rua, um caixa eletrônico de pizzas. Entramos contentes na fila. Havia dois caras na nossa frente. Puxaram assunto. Um deles disse ter amigos brasileiros. Veio com um papo favorável a Bolsonaro. Demos um corte naquela conversa, pegamos nossa pizza e fomos embora.

Seis meses depois da sua chegada, no início de abril de 2019, a Rafaela foi embora. Tia Rafa, de acordo com a Malu. A essa altura, ela já tinha chegado em Paris. Juntas, passamos muitos bons momentos. Nós três. Piquenique em Auvers-sur-Oise, a cidade onde Van Gogh viveu os seus últimos dias. Almoços de domingo. Apéro às margens do Sena, ou do Canal de Saint-Martin. Por algumas vezes, a tia Rafa fez o papel de nounou da Malu. Quebrou o meu galho e ficou com ela, para que eu pudesse trabalhar. E também para que eu conseguisse encontrar o Jean-Luc.

Conheci o Jean-Luc no metrô. Ele era meu vizinho. Morava na Av. Philippe Auguste, logo acima da minha rua. Todos os dias, pegávamos o mesmo metrô. À mesma hora. Na terceira ou quarta vez, ele passou a me cumprimentar:

– Bonjour.

Eu respondia. Achava ele um absurdo de bonito. Olhos verdes, uma barba malfeita. O cabelo castanho-escuro. Parecia ter uns 30 e poucos anos, no máximo.

Depois de alguns dias me cumprimentando todas as manhãs, ele se aproximou:

– Ça te dit de prendre un verre un de ces jours ?

Ele estava me chamando para "tomar alguma coisa". Fiquei sem resposta. Achei estranhíssimo que, na França, as pessoas chamassem alguém para sair assim, no metrô. Às 8h da manhã. Isso nunca me aconteceu no Brasil. E, no entanto, levamos a fama de conquistadores.

Gaguejei um pouco e balbuciei um oui pouquíssimo confiante. Trocamos telefones.

Alguns dias depois, marcamos encontro num dos bistrôs do Boulevard Voltaire. Eu tinha menos de um mês em Paris. Sentamo-nos. Pedimos um vinho. Eu me sentia enormemente desconfortável.

– Você parece nervosa. Mexendo o tempo todo nesse

elástico de cabelo...

– Oui, je...

– I can speak english, if you want.

Ali o meu nervosismo se multiplicou por três. Frase típica de quem achou que você não tem condições de se comunicar em francês. Senti-me intimidada. A própria presença dele ali me intimidava. Ele era daquelas pessoas cuja beleza intimida. Eu preferia olhar para baixo a encarar o seu olhar.

Aos trancos e barrancos, continuamos a conversa. Ele me contou que havia nascido numa cidade pequena, no sul da França. O pai era colecionador de arte. O avô tinha uma pequena vinícola.

– Esse vinho que nos serviram aqui é péssimo...

Estudou Administração em Toulouse. Depois, passou um ano em Londres. Trabalhava no mercado financeiro. Conversamos mais um pouco. Sobre a Copa do Mundo, que a França ganhou do Brasil. Descobri que os franceses adoram esse assunto. Trocamos uns beijos e marcamos outro encontro, nos próximos dias.

A segunda vez que nos vimos, foi na casa dele. Um studio. Numa das paredes, um Miró. Ele percebeu o meu espanto e me contou a história. A família era de colecionadores de arte. Viviam na fronteira da França com a Espanha. Seu avô, ou bisavô, comprou aquele Miró quando o artista ainda não tinha o reconhecimento de hoje.

Contou também que estava de licença no trabalho. Tinha

uma chefe que o assediava. Não tinha mais condições de voltar. Ia forçar uma demissão. Já estava procurando novas oportunidades. Naquele dia, tinha feito algumas entrevistas. Depois, foi almoçar com a mãe, com quem ele visivelmente tinha uma relação péssima.

– Ela está passando esses dias em Paris. Quis almoçar comigo. Queria ter ficado hospedada aqui. Nunca! Anteontem, quando saímos pela primeira vez, ela queria jantar. Eu disse que tinha um compromisso. Depois, ela me mandou mensagem dizendo que tinha ido jantar sozinha e feito uma amiga no restaurante. Fiquei com pena da amiga que ela fez...

Dividimos uma garrafa de vinho. O clima esquentou e transamos, pela primeira vez.

Entre a gente, o sexo funcionava bem. Eu estranhava um pouco algumas coisas, uma pegada meio violenta da parte dele, que não era a minha praia. Às vezes ele colocava as mãos em volta do meu pescoço. Sem me estrangular, é claro. De qualquer modo, é uma atitude, no mínimo, suspeita. Depois fui entendendo que ele era o misógino clássico. A relação difícil com a mãe talvez se explicasse por aí.

Demorei quase um ano até conseguir me livrar definitivamente dele. Nos víamos a cada duas semanas. Às vezes, menos que isso. Uma relação non sérieuse, como dizem os franceses.

Me causava bastante mal-estar a sensação de que ele tinha em relação a mim uma atitude de colonizador. Queria me ensinar como beber vinho, qual a temperatura adequada, como se conserva um vinho. Sempre perguntava se eu conhecia um ou outro alimento. Me olhava de cima.

Tinha uma arrogância na fala, nas atitudes. Eu me incomodava, mas mantinha aquela relação. Talvez porque, ao contrário do que me aconteceu durante o casamento, era uma relação em que havia desejo de sobra. Até isso me preocupava. Ele tinha uma coisa obsessiva comigo. Meio de perseguição.

A virada de 2018 para 2019, eu passei com a Cida. Uma amiga de longa data. Estudamos juntas na PUC. Tempos de faculdade de História. Ainda na graduação, ela fez um intercâmbio de seis meses em Madri. Conheceu um italiano. Começaram a namorar. Depois de terminada a faculdade, a Cida voltou para Madri. Entrou no mestrado. Casou-se com o Domenico. E os dois viviam na Espanha, desde aquela época.

Me programei para passar uma semana com eles. A Mari, outra amiga muito próxima, que também mora em Madri, tinha ido passar o fim de ano no Brasil. Não conseguimos nos ver. Foi uma pena. Mas aproveitei tudo o que pude daquele reencontro com meus velhos amigos. Saímos de dia. Saímos de noite. Matamos a saudade. Para noite de Réveillon, a Cida convidou uns amigos e organizou uma festinha em casa. Música boa. Comida boa. Às três horas da manhã, eu recebo uma mensagem do Jean-Luc:

– *Envie de toi.*

Nada de Feliz Ano-Novo. Nada de "Como tem passado os dias?". Nada. Só isso, mesmo. Desejo sexual. Respondi que não estava em Paris. Ele me perguntou quando eu voltaria.

– Daqui a dois dias.

Cheguei. E ele me bombardeava de mensagens. O tempo

todo. Parecia alguém sofrendo de abstinência de alguma droga. Eu achava estranho, mas ele tocava numa questão profunda da minha autoestima, ainda que de forma inconsciente. Eu passei muitos anos casada com alguém que não me desejava. A questão do desejo era o meu calcanhar de Aquiles. Foi isso, no fundo, o que me fez permanecer numa relação com uma pessoa arrogante, misógina. Que me objetificava. Demorou muito tempo até que eu conseguisse entender isso tudo. Precisei bloquear o número dele. Ele me procurava, dia e noite. Insistentemente. Eu tinha medo de que ele aparecesse na minha casa ou me seguisse na rua.

Medo. Um elemento tão assustadoramente comum na rotina das mulheres.

Naquela mesma noite de Natal, a que eu passei sozinha, eu receberia uma mensagem inesperada. Era o Marcelo, me desejando feliz aniversário.

"NAT, feliz aniversário!! Você é uma pessoa tão especial pra mim. Lembro de você com muita admiração, você é uma mulher inteligente, sensível, divertida, bonita e muito corajosa! Desejo sempre que você esteja feliz aí e quentinha nesse inverno que não deve ser fácil pra uma carioca. Queria você aqui pertinho pra te dar um abraço."

Tínhamos terminado a nossa história no fim de 2016. Uma ruptura muito sofrida. Muito difícil. Desde então, nos mandávamos notícias, com frequência cada vez menor. Mas, nunca, em nenhuma hipótese, esquecíamos o aniversário um do outro.

VIII

VIII

No dia da festa de formatura da turma de 2013-2015, eu e Renata, professora de Sociologia e amiga do peito, fomos para a minha casa. Contratamos um maquiador. O mesmo do meu casamento. Era um dia especial. Não sabia o que seria dessa história dali para frente.

Compramos algumas garrafas de espumante e levamos para casa de um amigo. Era preciso comemorar o fim daquele ano, tão importante pra todos nós. A nossa identificação com aquela turma era enorme. Para mim, os sentimentos eram confusos. Havia tristeza misturada com alegria.

Chegamos à colação de grau. Eu e Renata. Tiramos fotos com os alunos. Sentamo-nos nas primeiras fileiras. Uma das professoras homenageadas daquele ano era a Alessandra. Ela estava lá: linda. Feliz. E orgulhosa. Dividindo com os alunos o protagonismo daquele momento tão bonito.

As turmas foram entrando e se acomodando nos seus lugares. No palco. Entrou a turma do Marcelo. Eu o seguia com os olhos. No fundo, estava ali por ele.

Foi uma bela cerimônia, que terminou por volta das 19h.

Nos dirigimos ao pilotis da escola, onde seria a festa. Pouco tempo depois, chegaram os alunos. Eu e Marcelo nos vimos. Nos abraçamos. Ele me olhava, com aquele olhar. Nosso abraço durou uma eternidade.

Começou a festa. Fomos, eu e Renata, comemorar aquele momento à nossa maneira. Brindamos àqueles meninos e meninas, por quem nutríamos tanto afeto. Pouco mais de uma hora depois, estávamos de volta:

– Nat, onde você estava?? Eu te procurei, muito!! Queria te apresentar pros meus pais. Mas eles já foram dormir...

Ele parecia aflito. Olhei para ele, sem saber direito o que dizer. O consumo de bebidas alcoólicas era proibido pela escola na festa dos alunos. Eu não podia lhe dizer por que havia me ausentado. Renata, que já sabia do que eu sentia, olhou para mim, com aquela cara de quem já entendeu tudo.

Fim de festa. Momentos de despedida. Difíceis. O último dia.

Antes de voltar para sua cidade, o Marcelo passaria mais dois dias no Rio de Janeiro.

No dia seguinte, nos encontramos. Eu, ele, Renata e Gabriel. Comemos uma pizza. Tomamos uma cerveja, no Baixo Gávea. Pela primeira vez, estávamos juntos, e fora da escola. Era uma quinta-feira...

Na sexta-feira, marcamos um novo encontro. Só nós dois. Almoçaríamos juntos. Depois, ele iria ao cinema com o Gabriel, seu grande amigo.

Acordei cedo. Fui buscá-lo. Almoçamos. Conversamos. Rimos. Aproveitamos cada minuto daquela tarde. Pedimos uma taça de vinho. Nos demos as mãos. Ficamos assim, por algum tempo. Mãos dadas. Estávamos felizes.

– Vem com a gente pro cinema, Nat...

No fim, decidimos comer uma pizza num restaurante de Vargem Grande. Não era possível, ainda, a separação. Continuaríamos juntos. Eu, ele e Gabriel. Lembro do trajeto, de São Conrado até Vargem Grande. Paramos na Barra. Buscamos o Gabriel.

Atendi o telefone, que tocava insistentemente. Era o meu marido. Eu dirigia, enquanto ouvia insultos. Meu número tinha sido rastreado. Aos berros, ele me dizia que sabia onde eu estava. Que eu fizesse bom proveito daquela noite, com meu amante! Eu tremia de medo.

No restaurante, nova ligação. Gritos. Acusações. Xingamentos. Os dois me olhavam, chocados. Sem palavras. Tentamos fingir que nada havia acontecido. Pedimos nossa pizza. Aproveitamos como pudemos aqueles últimos momentos de convívio. Cada minuto, ali, era precioso. Valia muito.

Ao fim da noite, nos despedimos. Levei o Marcelo onde ele estava hospedado. Nos abraçamos. Um abraço que não tinha fim. Como se o meu mundo inteiro coubesse naquele abraço. Não sei descrever o seu olhar para mim. Um olhar de quem sentia muito. Sentia muito, de ir embora.

Como ele, eu sentia muito. Não poderia, não conseguiria mais viver como se não sentisse. Como se não amasse. Como se fosse possível aquela vida conjugal que eu levava. Sem afeto. Sem paixão. Sem sexo.

Voltei para casa, temendo pela minha vida. Tentei dormir, no sofá da sala. No dia seguinte, ainda cedo, peguei a minha filha, sonolenta, e fui para a casa de praia dos meus pais. Meu marido tinha saído, com o seu grupo de ciclismo. Quando voltou, não estávamos mais lá. Foi o meu último dia, naquele casamento.

Eu sentia alívio. Sentia medo. Sentia um vazio.

Em janeiro, nos revimos. Eu e Marcelo. Passamos juntos três dias inteiros. Eu contava os minutos para que aquele momento chegasse. Trinta, quarenta dias. Que simplesmente não passavam. O relógio parecia meu maior adversário. A espera, uma tortura.

Fui recebê-lo na rodoviária. Nos abraçamos. O reencontro dos nossos olhares. Meu espelho. Sim, a vida era boa. Almoçamos. Jantamos. Encontramos os amigos. Tomamos cerveja na praça. Fomos ao teatro. Comemos pastel.

No último dia, fiz para ele um jantar. Despedida. Essa palavra horrível. Indizível. Conversamos. Pela primeira vez, conseguiríamos colocar em palavras o que estávamos vivendo. Eu chorava. Disse para ele que o que eu sentia era mais que um simples carinho de professora por um ex-aluno:

– Eu também, Nat...

– Eu me sinto culpada. De ter permitido, de ter feito...

– Não foi você que fez. Eu participei dessa história. Nat, eu não sou mais seu aluno.

Eu chorava. Ele me olhava. Seu olhar era para mim um consolo. Nos demos as mãos. Em poucas horas, ele iria embora. Não queríamos nos despedir. Ao mesmo tempo, não conseguíamos romper com essa barreira. Com esse peso. Isso, que nos colocava em lados opostos. Professora. E aluno. O toque. O beijo. O sexo. Nada disso era possível. Aquele era o momento de dizermos em voz alta o que sentíamos. Como se a palavra dita validasse o nosso sentimento. Nos autorizasse a vivê-lo.

Levei-o ao aeroporto, o coração na mão. Nos despedimos. O sentimento transbordava. De novo. Era difícil imaginar que passaríamos mais um mês sem nos vermos. Não era justo.

Mais tarde, ele me diria que aquele dia o marcou. O que ele sentiu depois que eu fui embora. A sensação de que é preciso lutar contra isso tudo. Uma relação proibida. Um sentimento que nos torna impotentes. O sofrimento a cada separação. Não é possível viver assim.

Marcelo oscilava entre a hesitação e o desejo. Eu não conseguia, não tinha como voltar atrás. Estava totalmente mergulhada nessa história. Nos vimos mais algumas vezes, entre fevereiro e março. Mantínhamos sob controle aquele furacão, aquele terremoto.

Semana Santa. Eu passaria uns dias em São Paulo. Marcelo estava em Campinas. Combinamos de nos encontrar. Comemos empanadas. Tomamos vinho. Rimos. Conversamos. A felicidade ali. De volta. Dormimos no mesmo quarto. Duas camas de solteiro. O desejo. Incontrolável. Mas as convenções têm força. Era difícil, ainda, admitirmos que todo esse afeto poderia ser vivido como o homem e a mulher que nós éramos. Que tínhamos direito àquele amor.

Acordamos cedo. Nós tínhamos pressa. Tínhamos fome, e sede, daquela sexta-feira da paixão. Eu iria embora no fim da tarde. Passeamos pela Paulista. Tomamos sorvete. Almoçamos. Desfrutamos daqueles momentos, a conta gotas. Entrada. Prato principal. E sobremesa. Pegamos um táxi de volta pro hotel. Os dois no banco de trás. Colados, um no outro. Nos demos as mãos. Trocamos pequenas carícias, inocentes. No meu braço. No seu braço.

O toque. A paixão acesa. O desejo cego.

Chegamos. Subimos. Sentamos no sofá. Num estado de transe. Nos acariciávamos. O braço. O cabelo. O pescoço. Fechei os olhos. Ele também. Não trocávamos mais uma palavra. Silêncio absoluto. E os nossos corações batendo. Em descontrole. Nos viramos. Nos beijamos. Nos sentimos. Nos provamos. Com desespero.

Procuro palavras para definir como foi a primeira vez que transamos. Nenhuma define melhor aquele momento do que essa: desespero. O desejo represado. E, de repente, a liberdade. Nossos corpos, entregues um ao outro.

Mas depois, a ressaca. Era essa a sensação da despedida. Ressaca.

Os extremos. O prazer e o vazio. Viveríamos assim pelos próximos meses. Um dia, uma tarde de sensações intensas. O prazer do reencontro. Das conversas. Dos olhares. Dos almoços e jantares. Do toque. Do sexo. E depois, a falta. Semanas e semanas. De ausência. De tristeza. De angústia.

– Nossa relação não tem perspectiva, Nat.

Ele tinha razão. Nossa relação não era possível. Aquela sintonia. Não era possível. Aquele desejo. Não era possível. Aquele amor. Não era possível. Estávamos em 2016. Michel Temer era o presidente do Brasil.

IX

IX

Manhã de sábado. Em Paris, assistimos à chegada de um mês de outubro chuvoso e nublado. Estou no Café Les Deux Magots. 6, Place Saint Germain des Prés. Penso em Pierre Nora, e seus lugares de memória. Quantas histórias. Quanta memória me vêm à cabeça, quando venho aqui. Penso nos existencialistas. Em Hemingway. Em Picasso. Mas também na Action Française e em seus integrantes, da extrema-direita, que faziam do lugar o seu ponto de encontro, algumas décadas antes que o mesmo café virasse um reduto da esquerda. Penso em Simone de Beauvoir. Escolho me sentar, exatamente, no seu lugar. Primeira mesa, no canto esquerdo, junto às janelas. Gosto de imaginá-la aqui, canetas, livros, cadernos à sua volta. Escrevendo. Produzindo. Na condição de intelectual e de romancista.

Como grande parte das mulheres de hoje, sinto-me, de certa forma, sua herdeira. A potência daquelas histórias. Das suas personagens. Mulheres ricas. Mulheres pobres. Da burguesia e do proletariado. Intelectuais e mulheres comuns. Desiludidas, como eu. Tenho a sensação de ter vivido os meus últimos anos na sua companhia: Os Mandarins. A mulher desiludida.

Mal-entendido em Moscou. Memórias de uma moça bem-comportada. A vida daquelas personagens era também a nossa vida. A minha. E a da Alê. Essa grande amiga, que a literatura me deu. Com quem eu discuti essas histórias, e muitas outras. Com quem eu dividi as minhas angústias. Com quem eu sempre pude contar.

Lembro do dia em que ela nos mandou a sua foto: aqui, no mesmo lugar em que eu me sento hoje. O sorriso aberto. O sonho realizado. Era 2017. Primeira viagem dela à Europa. Primeira vez em Paris. Naquele dia, eu e um grupo de amigos fazíamos um piquenique, na Lagoa. A Renata, o Léo e a Helena. A Luiza. O Gustavo. A Márcia. Amizades que saíram do trabalho para a vida.

Não me esqueço, também, do dia em que eu mesma me sentei aqui pela primeira vez. Era janeiro, do mesmo ano de 2017. Eu vinha da Espanha, onde passei alguns dias na companhia da Mari e da Cida. Minha primeira viagem sozinha para Europa. Aqueles dias foram muito importantes. Recém-saída de uma relação tão marcante, tão intensa, eu precisava do suporte, da companhia, da escuta dos amigos. Os verdadeiros. Como a Cida, e a Mari. Eram os meus últimos dias de férias, antes da volta ao trabalho.

Fui recebida de braços abertos. Dessa vez, eu ficaria hospedada na casa da Mari. A Mari vivia há poucos meses em Madri. Há cerca de um ano, quando passava aqui o fim das férias, ela conhecera o Carlos. Os dois passaram juntos os seus últimos dias na cidade. De volta ao Brasil, eles mantiveram contato. No fim do ano ela voltou, de malas prontas. Disposta a escrever uma nova página da sua história. Num outro continente.

Numa relação a dois.

A Mari tinha sido uma das poucas pessoas com quem eu dividira a minha história, ainda em 2015. Num fim de semana, combinamos de almoçar e colocar a conversa em dia. Eu procurava um jeito de contar para ela o que me acontecia, mas as palavras me faltavam. Não sabia o que dizer. Como dizer. Imaginava que ela seria pega de surpresa. Apesar de sermos próximas, eu nunca havia partilhado com ela os meus problemas conjugais. As minhas angústias. Não conseguia conversar sobre isso com as minhas amigas. Era como se o que eu vivia no meu casamento fosse minha culpa. Era eu, a responsável. Não havia desejo, porque eu não era desejável. Não queria confessar a ninguém os meus fracassos. As minhas derrotas.

– Mari, quero te contar uma coisa. Acho que você vai cair pra trás...

– O quê, Nat? Já estou curiosa...

– Estou vivendo uma paixão louca, sabe? Daquelas que não deixa nada de pé? Um sentimento forte, enorme. Foi muito rápido. Inesperado. Não sei...

– Gente! Surpreendente! Como assim?

–É uma história com um aluno. Quer dizer, não é uma história, ainda. Não tem nada de concreto.

A expressão da Mari era de surpresa. Ela abriu um sorriso.

– Não sei como isso aconteceu. Não sei por quê. A gente é muito parecido, sabe? A gente se admira. Gosta das mesmas coisas. Dos mesmos livros. De passar o tempo um com o outro.

Não sei, foi acontecendo...

– Mas você acha que é recíproco?

– Acho...

– Vocês já se disseram isso?

– Não, nunca conversamos sobre isso. Mas está no ar. Eu sinto. A gente tem alguma coisa de muito forte um com o outro. E, também, algumas coisas que ele disse...

– Como o quê?

– Que ele queria vir comigo pra Paris, quando eu viesse fazer o doutorado...

– Ah, então sim! Caramba, Nat! Que história! E o Alex?

– Ele não sabe. Acho que desconfia que alguma coisa me aconteceu. Eu não consigo fingir que está tudo bem, quando não está. Não tenho mais vontade de ficar em casa...se eu pudesse, não voltava mais...

– Nossa...

– Meu casamento já vem mal de muito tempo...várias coisas já rolaram. Uma vez, eu abri o computador pra acessar os meus e-mails e o dele estava aberto. Ele trocava mensagens com uma mulher, marcando um encontro...

– E aí?

– Aí eu fiquei desesperada. Com raiva. Eu chorava... Ele chegou. Discutimos. Ele disse que tinha sido um momento de fraqueza. E eu não consegui pôr fim ao casamento. Não tive coragem. No fundo, imaginava que, se terminasse aquela relação, eu passaria o resto da vida sozinha. Minha autoestima estava no pé.

– Isso é muito pesado, Nat...

– Muito...eu não sei se o que estou sentindo pelo Marcelo tem a ver com isso. Parece um encontro de almas, mesmo. Talvez eu tivesse me apaixonado por ele mesmo que o casamento funcionasse...

– Com certeza...

– Mas o que é certo é que do ponto de vista afetivo eu tinha dentro de mim um buraco. Eu não acreditava mais em mim. E, de repente, você se dá conta de que pode ser amada. Pode ser admirada.

– Ai, Nat! Que bom! Ele já está saindo da escola?

– Sim, daqui a menos de dois meses...

– Já estou aqui morrendo de curiosidade pra saber como vai ser essa formatura! Vou passar quarenta dias viajando, só volto no início de dezembro. Me manda notícias, vou te escrever da viagem!

– Hahahaha. Te dou notícias, claro!

Com a Mari, eu também dividi os momentos difíceis da minha nova relação. Era 2016. As duas, de algum modo, viviam relacionamentos à distância. Ela com o Carlos, que estava na Espanha. Eu com o Marcelo. Quase não nos encontrávamos. Não vivíamos uma relação oficial, mas o engajamento emocional existia. Era enorme. Cada vez mais difícil de suportar. Eu e Mari íamos ao cinema. À feira do Lavradio. Combinávamos de sair e tomar uma cerveja. Juntas, aquele peso era mais leve. Eu me sentia feliz de poder reencontrá-la, por uns dias, na Espanha.

– Como você está, Nat?

– Ainda tem sido bem difícil pra mim. Acho que o pior é aceitar que uma relação com todo esse sentimento pode não dar certo. Pode não funcionar. Não falta desejo. Não falta afeto. Da última vez que nos vimos, não estávamos mais juntos. Marcamos um almoço. É difícil reduzir o contato assim, a zero. Almoçamos. Foi aquela sintonia, de sempre. A gente ali. O prazer de estarmos juntos, de novo, transbordando. O Marcelo me olhava, com aquele olhar, que eu conheço tão bem. De repente, o coração dele disparou. Do nada. Ele tremia de desejo. Sem nos encostarmos. Tem noção do quanto isso é forte?

– Imagino o quanto é difícil...

– É difícil, porque no fundo eu não me conformo. Não sei, talvez eu tenha uma visão ingênua das coisas. Romântica. De que tudo se resolve quando existe afeto. A realidade é muito menos simples que isso...

Foram dias maravilhosos. Saímos juntas. Almoçamos. Marcamos encontro no domingo com a Cida, o Domenico e a Olívia. A filhinha deles, recém-nascida. Eu me sentia bem ao lado delas. Minhas amigas.

Depois, passei uns dias em Barcelona. Marcelo não me saía da cabeça. Conhecer Barcelona era o sonho dele. Eu percorria as ruas da cidade pensando naqueles dias em que discutíamos sobre Orwell e a Guerra Civil Espanhola. No quanto eu queria que ele estivesse ali, descobrindo aquele lugar incrível comigo. Não consegui aproveitar a minha estada. Precisava ir embora dali.

E, de repente, Paris. Essa cidade, na qual eu sempre me sinto acolhida. O Jardin des Tuileries. O Marais. O Sena. Os museus: Pompidou, Orsay. Os cafés literários. Aqueles dias me serviram de oxigênio. Eu voltava a conseguir respirar. Sonhava com o dia em que seria possível a minha instalação definitiva naquela cidade. Eu queria voltar. Sentia que seria Paris a minha cura. E tinha razão.

X

X

Foi nesse mesmo ano que eu descobri os poderes milagrosos da corrida. 2017. Entrei para o grupo dos corredores compulsivos. Essas pessoas que olhamos de fora, achando super estranho toda aquela animação. Todo aquele bem-estar. Toda aquela saúde. Nunca fui desse tipo. Meu universo sempre foi o dos livros.

Lembro dos meus tempos de adolescente. Das férias na casa do meu tio, em Angra dos Reis. Eu e meus primos: o Crica e o Gugu. Nossa diferença de idade era pequena. O mais velho tinha dois anos a mais que eu. O Gugu era só um ano mais velho. Quando crianças, passávamos o tempo todo juntos. Minha mãe e meu tio tinham uma relação muito próxima. Eram daqueles irmãos inseparáveis. Juntávamos as famílias para o natal. Para as férias de janeiro. Para as férias de julho. As crianças eram criadas todas juntas.

Meus primos eram do tipo aventureiros: gostavam de esporte, de preferência os mais radicais. Saíamos de lancha, fazíamos mergulho. Lembro do primeiro dia em que eu senti medo na vida. Medo, de verdade. Eu tinha uns 13 ou 14 anos. Tínhamos saído para mergulhar. Acordamos cedo. Carregamos a lancha do meu tio de sanduíches, de sucos, de água. Pros adultos, cerveja. Passaríamos o dia inteiro no mar. Assim que chegamos, meus primos inventaram de escalar um rochedo e pular lá de cima. Na água. Não faço ideia da altura. Nas minhas memórias, era muito alto.

Eles subiam, pulavam, depois vinham nadando e repetiam o feito. Como se fosse uma coisa simples. Eu os observava de longe. Parecia divertido. Uma hora, decidi tentar pular também. Subi a pedra. Voltar era impossível. A única maneira de sair dali era pulando no mar. Eu olhava para baixo. Olhava para o mar, dali de cima. Aqueles rochedos. Aquela altura. Foi me batendo um desespero enorme. Meus primos subiam e desciam. Repetidamente. E eu, parada. Estática. Imaginei que teria que dormir ali. Sozinha. Não pularia no mar por nada nesse mundo. No fim, meu primo escalou a pedra de volta e pulamos juntos. De mãos dadas. Naquele dia, ele salvou a minha vida.

Na maior parte das vezes, eu preferia ficar de fora das aventuras deles. Toda aquela adrenalina. Aquela energia. Aquilo não era para mim. Quando saíamos para o mar, eles passavam o tempo todo na água. Eu preferia outra companhia: a dos livros.

– Natália, não esquece de trazer pra viagem a sua dentadura, hein...

Todos riam. Eu era "a velha". Uma velha adolescente. Era 1996. Fernando Henrique Cardoso era o presidente do Brasil. Ministro da Fazenda durante os anos de governo Itamar Franco, ele foi elevado à categoria de herói nacional. Seu plano econômico havia combatido a inflação, que tanto nos castigava, há quase uma década. Como num ato milagroso, ele nos devolvera o valor de compra do nosso dinheiro. Lembro de imaginá-lo, de fato, como um salvador. Via-o na televisão, os cabelos grisalhos, o terno bem-feito, o rosto emoldurado por um par de óculos. A imagem da sabedoria. De alguém que certamente conduziria o país com sucesso. Credenciais para isso ele tinha. Tinha estudado, e muito. Mestrado. Doutorado. Até pela Sorbonne ele havia passado. O Panteão, ao qual são admitidos apenas uns poucos escolhidos. Deuses do conhecimento. Justo no Brasil. Um país onde a educação é tratada com descaso. Onde gostar de literatura te transforma em alvo de gozações. Onde se perde a razão, mas não se perde a piada.

Apesar de toda a mitologia em torno daquela figura, eu sentia a vida piorar. Apesar dos milagres operados por Fernando Henrique, o arquiteto da estabilidade nacional, eu via meus pais com cada vez mais dificuldades financeiras. As contas não fechavam. Meu pai acumulava empregos. A Marinha de dia, os plantões à noite. Aos sábados. Aos domingos. A escola, cada vez mais cara. O carro do ano substituído por um modelo mais simples, e mais antigo. As viagens, que diminuíam. Mas a classe média, massacrada pela austeridade das políticas econômicas em voga, seguia depositando toda a confiança do mundo no presidente. Afinal, ele era um homem "que fez estudos". O conteúdo do que foi estudado, pouco interessa. A reflexão de ideias, menos ainda. O Brasil é, também, o país das aparências.

Nosso padrão de vida seguia em queda livre. O salário já não pagava todas as contas. Meu pai foi convocado pela Marinha para uma missão internacional. Seis meses num hospital de campanha, em Angola. O país acabara de sair de quase vinte anos de guerra-civil. O cenário era de terra arrasada. Campo minado. Literalmente. Meu pai faria parte de uma missão da ONU de auxílio ao país. Médicos do mundo inteiro estavam sendo convocados. A tarefa era nobre. Mas os riscos existiam.

Eram enormes. As minas terrestres. A precariedade do cotidiano. O impacto psicológico daquela experiência: a vida miserável de tantas pessoas ali. Exposta. Diante dos olhos. A solidão.

Um desafio. Mas o dinheiro poderia ajudá-lo a sair do vermelho.

Em Angola, meu pai pegou malária duas vezes. Vivia num acampamento. A rotina dividida entre o trabalho diurno e o tédio noturno. Com a delegação dos russos, passou a dividir algumas doses de Vodca. Todos os dias. A ansiedade, a depressão. O horror diante deles. Crianças e mulheres mutiladas. Desnutridas. Meu pai voltou diferente daquela experiência. Trouxe na bagagem a lembrança permanente daqueles dias. E o alcoolismo. Que o acompanharia de perto por todos esses anos. Cada vez mais grave. Cada vez mais intenso. Até que, aos 67 anos, debilitado, adoentado, fragilizado, ele não pudesse mais resistir.

Trouxe, também, uma fotografia que ornamentava a sala do apartamento da minha avó paterna. Maria Augusta. Nela, meu pai aparecia sorridente. A farda militar. A boina azul. Medalhas no peito. O presidente visitava por alguns dias a missão brasileira em Angola. Na cena fotografada, meu pai recebia os seus cumprimentos. Dias de glória. Pequenas doses de reconhecimento, em meio a um oceano de adversidades. Uma verdadeira relíquia, hoje exposta na cabeceira do quarto que ele não chegou a conhecer. A poucos dias da mudança que haviam planejado, meu pai falecera, no quarto de um hospital das Forças Armadas. Essa instituição pela qual ele viveu. E morreu.

XI

XI

Lembro do momento em que recebi a notícia de sua morte. Era uma manhã de quinta-feira. Eu fazia exercícios, numa salle de sport em Beaubourg. Em frente ao Centre Pompidou. Naquele dia, tinha planejado fazer pelo menos 30 minutos de corrida. Desde que me mudara para Paris, meu condicionamento físico só piorava. Não conseguia encaixar uma rotina de treinos. Sentia dores frequentemente. Não conhecia bons fisioterapeutas na cidade. Dois anos depois da minha primeira meia-maratona, eu mal conseguia correr 5 km. Estava disposta a recuperar o tempo perdido.

De repente, recebo uma mensagem de voz. Era a minha mãe. Meu pai estava hospitalizado, e eu aguardava as suas notícias. Nos últimos dias, seu quadro parecia ter melhorado. Eu estava confiante. Ele se recuperaria, como das outras vezes.

Muito abalada, minha mãe me descrevia o que aconteceu. Ela acordara no meio da noite. Percebeu que meu pai não respirava. Saiu, desesperada, em busca de ajuda. Vieram os médicos. Tentaram reanimá-lo, sem sucesso. Sua voz era a expressão da desolação. Senti tristeza, por ele e por ela. Olhei à minha volta, ainda um pouco perdida. Desnorteada. Meu pai falecera, e eu estava num outro país. Não foi possível a despedida.

Saí dali em direção ao consulado brasileiro. Precisava voltar ao Brasil. Estar presente no seu velório. Na última homenagem a ele. Precisava, sobretudo, estar ao lado da minha mãe. Mas não tinha passaporte. Há dias eu vinha lutando contra a burocracia consular. Repetidos e-mails, seguidos da mesma resposta:

– Seu caso está sendo tratado como prioritário. Você receberá o seu passaporte nos próximos dias.

Nos próximos dias. Tarde demais.

Sentada num dos bancos do metrô, percebi me escorrerem as primeiras lágrimas. Meu pai. Com quem eu tinha, hoje em dia, uma relação muito distante. Diferenças de toda a ordem, que eu percebia como barreiras intransponíveis. Alguns traços da sua personalidade tornavam aquela relação muito difícil para mim: o autoritarismo. A obsessão pelo controle. A arrogância. A agressividade. Nossas vidas foram tomando direções opostas. Eu me sentia um pouco à parte. De fora. A nossa distância física era a tradução de muitas outras distâncias, que vinham de longe.

Morto, era como se meu pai tivesse renascido. Meu outro pai, dos tempos da infância: dos acampamentos na sala de casa. Dos almoços e jantares malucos. Receitas improvisadas, cujo resultado era catastrófico. Não conseguíamos comer. Caíamos na gargalhada. Que tinha medo de cachorros, os mais inofensivos, apesar dos seus 1,87m de altura. Que saía aos domingos para comprar camarão e voltava com pastéis. Que me levou à Disney pela primeira vez. Que perdia o controle, depois pedia desculpas.

No consulado brasileiro, tentei explicar ao segurança por que estava ali. Não conseguia. As palavras não saíam. Eu chorava, chorava. Tentava articular algumas frases. Sem sucesso. Tomei um copo d'água. Um pouco mais calma, disse a ele que meu pai havia acabado de morrer. Eu precisava voltar ao Brasil. Meu caso era urgente. Enquanto esperava o passaporte, comprei as passagens de avião.

No dia seguinte, a chegada. Mais de um ano sem pisar no Brasil. No aeroporto, minha filha me esperava, entre a alegria e a ansiedade. Na noite anterior, ela me enviara uma mensagem:

"Oi, mãe. É verdade que você vem pro Brasil? Meu pai disse que você chega amanhã. Vou torcer pro dia passar muito rápido e amanhã chegar logo."

Li a sua mensagem, o coração transbordando de saudade. Ela já estava no Brasil há dois meses. Passava as férias de verão com o pai. Sessenta dias que pareciam uma eternidade. Aqueles nossos momentos, de convívio intenso, desde que nos mudamos para Paris, fizeram nascer entre nós uma relação muito mais forte. Enorme. Éramos, sempre, nós duas. Só nós duas.

Nos abraçamos. Eu disse a ela que tinha um compromisso de adultos. Não poderíamos passar aquele dia juntas.

Veio o velório. A despedida. Eu estava triste, mas aliviada. Tinha conseguido chegar. Tinha podido dizer ao meu pai que eu sentia muito. Tinha conseguido oferecer à minha mãe o meu abraço. E o meu consolo.

Naquele mesmo dia, pude rever o Gabriel. O Gabriel era da mesma turma do Marcelo. A turma de 2013-2015. Não tinha sido meu aluno, mas as nossas afinidades eram enormes. Como eu, ele havia escolhido estudar História na universidade. Era um menino inteligente. Sensível. Generoso. Afetivo. Um grande amigo. Mais que isso. Um irmão mais novo.

Passamos muitos momentos juntos, entre 2016 e 2018. Íamos ao samba. Aos bares. Restaurantes. Volta e meia, marcávamos de nos encontrarmos. Aqueles momentos de troca eram de uma importância enorme. Eram momentos de escuta. De suporte, que oferecíamos um ao outro. Com o passar do tempo, fomos construindo alguns pequenos rituais, só nossos, aos quais nos apegamos. Como as noites de vinho com pizza na Zona Sul.

Lembro de uma das últimas vezes em que fizemos isso. Eu precisava revê-lo, mas tinha pouco tempo. Tinha marcado um encontro com o Guilherme, naquela mesma noite. Eu e o Guilherme nos conhecemos em meados de 2017. Tínhamos pouca coisa em comum, para além do sexual. Eu era a professora, intelectual, progressista. Ele, o lutador de jiu-jitsu. Alto, forte. De uma beleza bruta, um pouco intimidadora. De bom-humor, sorriso largo, e pouco senso crítico.

Apesar disso, passamos bons momentos juntos. O mundo dele não era o meu, mas ele parecia interessado pelo que eu tinha a dizer. Eu partilhava as minhas opiniões. A minha visão do processo histórico brasileiro. Ele me olhava, com uma expressão de quem redescobre o mundo. Lembro do dia em que ele me contou de um de seus últimos encontros com os amigos. Quando surgiu o tema da política e da corrupção, ele respondeu:

— Também não é assim, isso é um problema que vem

de muito mais tempo. Por que ninguém se importa com os escândalos do Aécio?

Silêncio e surpresa.

– Guilherme, você está bem?

Os dois rimos. No início, nos víamos com muita frequência. Depois, fomos espaçando mais os nossos encontros. Eu tinha dificuldades de entender o que era aquela relação. Às vezes, tinha a sensação de que ele me escondia alguma coisa, mas também não procurava saber. No fundo, não tinha a menor intenção de oficializar aquela história. Preferia deixar as coisas como estavam.

– Guilherme me mandou mensagem. Um texto enorme, meio apelativo. Fazendo as declarações de sempre. Aquele jeito dele. Acabei aceitando encontrá-lo mais uma vez.

– Esse Guilherme não muda, hein? Mas eu não te julgo. Se você quer encontrá-lo... você está indo embora, mesmo. Ele sabe que você vai morar em Paris?

– Sabe.

– E ele?

– Não sei, acho que ficou surpreso. Talvez seja esse o motivo de toda a insistência.

Apesar da distância, eu e Gabriel nunca perdemos o contato. Trocávamos mensagens com frequência. Eu dividia com ele as alegrias e as tristezas da nova vida que eu levava em Paris.

Marcamos um encontro no Lamas. Um restaurante histórico,

no bairro do Flamengo. Frequentado por várias gerações da intelectualidade brasileira. Como Oswaldo Aranha, o ministro de Getúlio Vargas, que dera nome a um dos pratos mais conhecidos e deliciosos do lugar: Filé-mignon com alho tostado, farofa, arroz e batatas fritas.

Passamos juntos pouco mais de uma hora. Chopp com filé à Oswaldo Aranha. Eu me sentia triste e feliz. Tinha perdido o meu pai. Ao mesmo tempo, tinha a certeza do apoio, do afeto, da presença dos meus amigos. Eram eles, a minha família.

Poucos dias depois, nos veríamos novamente. Dessa vez, na casa da Renata. Eram tempos de Coronavírus. Esse verdadeiro furacão que nos levou a vida de tantas pessoas. Que nos tirou o direito ao convívio social. Que nos transformou os hábitos. Pelo menos os de alguns de nós.

No Brasil, pagávamos o preço altíssimo de um processo histórico no qual a democracia nunca foi um verdadeiro projeto. De um modelo de política excludente. Pelo alto. República, mas sem povo. Onde o bem-estar da coletividade não vale o preço dos pequenos prazeres de cada um. Onde o direito à vida de todos é acusado de discurso ideológico. Um direito, humano. Um valor. Entre os mais basilares das sociedades modernas. No Brasil, uma utopia.

Seis meses após o início da epidemia, o número de vítimas diárias de Coronavírus no país seguia entre os mais altos do mundo. Média de mil mortes por dia. As pessoas se sentiam abandonadas à própria sorte. Condenadas a tomarem precauções individuais, em meio ao mar de indiferença coletiva. A vida seguia. Para os que tiveram a sorte, e os meios de resistir à doença.

Nas favelas e nas periferias, o saldo era desolador. Negros e pobres. Eram eles, os mais atingidos pelo vírus. Obrigados a sair de suas casas, todos os dias, para trabalhar. Dependentes de um sistema de saúde pública precário. Indefesos. A política higienista do passado reaparecia no presente. Não pela ação, mas pela omissão.

– Nat, quando você chega ao Brasil? Eu queria muito te ver. Queria que você recebesse o meu abraço, mesmo que de longe. Conversei com a Alê, e nós pensamos em organizar um encontro aqui em casa. Em petit comitê. Estamos super confinados. Desde março, não saíamos de casa pra nada. Mas um encontro aqui em casa, acho que seria possível. Assim evitamos as aglomerações.

– Por mim, está ótimo. Eu chego amanhã.

Marcamos de passarmos juntos a manhã e a tarde de segunda-feira, dia 7 de setembro. Um dia simbólico. Feriado. Quando se comemora a suposta independência do Brasil. Mas entre nós, a comemoração era outra. O reencontro, depois de mais de um ano. Com máscaras. Com distanciamento. Com respeito às regras sanitárias. E também com a sensação de que, apesar do tempo e da distância, nada havia mudado entre nós. Éramos e continuávamos sendo os mesmos amigos de sempre. Na falta de opções de restaurante para entrega, Renata decidiu pelo almoço feito em casa.

– Eu vi que você estava louca por uma feijoada. Tinha os ingredientes aqui em casa. Resolvi fazer eu mesma.

Daquele acolhimento, daqueles afetos eu sentia muita falta, desde que escolhera fazer de Paris a minha nova casa. As poucas horas que passamos juntos foram preciosas. Eu me sentia fortalecida. Voltaria à Paris com a certeza de que nunca estive sozinha.

XII

XII

Terça-feira de um dia nublado. Mais um, nesse início de outono chuvoso em Paris. Na televisão, o presidente e seus ministros anunciam novas medidas restritivas. A partir de hoje, a região de Paris e a petite couronne, no seu entorno, passam a ser classificadas como zonas de alerta máximo. Academias fechadas. Bares e piscinas também. Restrições maiores aos restaurantes. Universidades funcionando parcialmente. Depois de alguns meses de euforia e desconfinamento, as estatísticas do país voltam a assustar. É preciso conter uma nova onda de crescimento da epidemia. As perspectivas não são boas. A sensação é de incerteza.

As escolas, no entanto, continuam funcionando. Estou em 8, Rue Cité Voltaire. Me protejo da chuva, enquanto aguardo a saída da Malu. École Voltaire. Um dos grandes porta-vozes das liberdades individuais. Um dos maiores críticos às relações perigosas entre religião e política. Um filósofo que viveu na Paris do século XVIII. Há mais de duzentos anos. Cujas ideias permanecem assustadoramente atuais.

Lembro do primeiro dia de escola da Malu. Era janeiro de

2019. Um dia de inverno rigoroso. Saímos de casa depois das 8h da manhã. Ainda estava escuro. Ela entraria na classe de alfabetização francesa. Saíra do Brasil sem ter completado o seu processo de alfabetização em português. Chegava na França três meses após o início das aulas. Um desafio, dos grandes, para uma criança de apenas seis anos. No trajeto para a escola, eu sentia a hesitação nos seus passos. Ela caminhava devagar. Olhava para trás. Buscava o nosso olhar. As nossas mãos. Eu temia pelo que seriam os nossos dias, daqui para frente.

As primeiras semanas dessa nova rotina não foram nada fáceis. A escola era, para a Malu, um verdadeiro pesadelo. Ela sentia medo. Sentia a minha falta. Sentia-se sozinha. As crianças tentavam uma aproximação. Dirigiam a ela perguntas em francês. Ela não compreendia. A ausência de respostas se transformava em ataques. Ela se intimidava. Passava tardes inteiras sozinha, num canto. Fazia desenhos para mim.

A cada fim de tarde, eu chegava para buscá-la com o coração na mão. Acreditava que, no fim, aquela seria uma experiência importante para ela. O aprendizado de uma nova língua. O contato com a diversidade. A exposição a uma cultura completamente nova. A culturas completamente novas, e diversas entre si. Na escola francesa, Malu dividia o seu dia a dia com crianças originárias de todas as partes do mundo: o Magreb, a África subsaariana, o Oriente Médio. A Ásia. A América Latina. Portugal. Espanha. Os Estados Unidos. Crianças de diferentes origens, de diferentes religiões. De diferentes classes sociais. O pobre e o rico. O branco, o negro, o árabe e o cristão. Escola pública. Essa invenção da Revolução Francesa. Uma utopia igualitária. No Brasil, apenas um rascunho. Uma cópia malfeita.

Alguns amigos franceses reclamam do cotidiano adverso das escolas no banlieu parisiense. Denunciam a desigualdade entre a educação que é oferecida aos jovens pobres e não brancos das periferias e aquela que se oferece aos jovens franceses bem-nascidos. Os escolhidos, que habitam no 5º arrondissement. Na França, algumas escolas públicas, como a Henri IV ou a Louis Le Grand, são redutos de uma elite intelectual super restrita: Voltaire, Diderot e Robespierre. Victor Hugo e Baudelaire. Bourdieu, Jean-Paul Sartre e Roland Barthes. Derrida. Emmanuel Macron. Os nossos livros de história e de literatura. A sessão de política dos jornais. Tudo isso reduzido à arquitetura de dois prédios imponentes.

Enquanto os escuto, penso na minha própria experiência como professora. No quanto aquilo tudo me parece um grão de areia, perto da realidade a que estamos expostos no Brasil. Penso nos anos que passei na escola pública, no coração da Cidade de Deus. Uma das favelas brasileiras mais célebres do mundo. Onde a desigualdade grita. Onde as turmas são inteiramente formadas por alunos negros. Onde as crianças se defendem dos frequentes tiroteios enquanto atravessam as ruas, em direção à escola. Onde os professores alteram os seus programas curriculares para não entrarem em conflito com a fé religiosa dos criminosos no poder. Onde as tradições afro-brasileiras não podem ser ensinadas a alunos de pele negra.

Penso, também, nas escolas por que passei ao longo da vida. Na escola onde a Malu estudou. Instituições privadas, cuja mensalidade passa dos dois mil reais por mês. Onde o planejamento escolar é cuidadoso. Onde há professores motivados. Mais bem remunerados. Onde o aluno é considerado na sua individualidade. Onde todas as crianças são brancas.

Ao mesmo tempo, percebo que o convívio entre as diferenças também não acontece às mil maravilhas na França. Não só do ponto de vista da diferença entre as escolas do centro e as da periferia, mas também no interior das próprias escolas. Como no caso de Kamillia, a mãe de uma amiguinha da Malu. Uma mulher jovem. De pouco mais de trinta anos. Viúva. Mãe de três filhos. Passava enormes dificuldades, após a morte do marido. Na sua Argélia natal, tinha terminado os estudos de Direito. Vinha de uma família de classe média. Na França, era tratada com desconfiança. Recebia olhares atravessados.

Os argelinos. Os muçulmanos. Esse corpo estranho à nação francesa. Um pensamento compartilhado em voz alta pela extrema-direita e em voz baixa por boa parte dos que se dizem liberais.

Também me recordo do dia em que a Malu chegou da escola dizendo que um dos seus amiguinhos a tinha convidado a brincar de Maomé. Na brincadeira, ele mandava, e ela obedecia. Fiquei furiosa. E me dei conta, mais uma vez, de que a defesa da laicidade permanece sendo um dos grandes combates do nosso século.

Um ano depois daqueles primeiros dias difíceis, recebo a convocação da professora da Malu para uma reunião pedagógica. Madame Boecasse. Era início de 2020. Os pais seriam recebidos pela professora individualmente, para que conhecessem a situação escolar dos seus filhos e pudessem auxiliá-los no seu processo educativo.

No fim de uma tarde de quinta-feira, eu chegava à escola.

Fui encaminhada à classe dos alunos. Observei com atenção aquele ambiente. As carteiras dispostas em fileiras duplas. Os desenhos na parede. O alfabeto. A tabuada. O quadro-negro. Ali, eu me sentia como se estivesse em casa. Aquele era também, um pouco, o meu habitat.

– Bonjour, Madame.

– Bonjour.

A professora me acomoda numa das cadeiras dos alunos. Trocamos algumas frases, e sou informada da situação escolar da minha filha. Segundo a professora, Malu parece extremamente à vontade na escola. Faz perguntas, interage com os coleguinhas. Responde aos estímulos que recebe. Demonstra interesse pelo que aprende. Domina perfeitamente o francês. A professora se diz impressionada com a rapidez com que Malu se apropriou da nova língua. Ainda que esse processo seja mais fácil para as crianças em geral, o caso da Malu parece diferente dos outros.

Como se ela estivesse ali, inteira. De corpo e alma. Como se, dentro dela, houvesse o desejo de enfrentar comigo esse desafio.

Volto para casa tomada por uma felicidade que não cabe em mim. Penso, orgulhosa, nessa garotinha, com quem eu divido os meus dias. Tão pequena. Tão guerreira. Que superou em pouco tempo aqueles dias iniciais de dificuldade. Que aprecia de forma tão sincera os momentos que passamos juntas. Que mergulha de cabeça nas atividades que eu proponho, mesmo as que são vistas como programas de adulto. Museus. Castelos. Exposições. Que foi trabalhar comigo uma dezena de vezes, porque eu não tinha com quem deixá-la.

Lembro de uma das mensagens que ela mandou para o celular do pai, depois de fazermos juntas um percurso sobre a Paris da Revolução Francesa:

– Pai, eu não pude te responder antes porque estava trabalhando com a minha mãe. Estamos em frente ao Arco do Triunfo. Você sabia que foi o Napoleão que mandou construí-lo? Mas ele morreu antes de vê-lo pronto...

Ou de um dia em que fazíamos um percurso sobre a Paris dos Impressionistas. Eu, ela e um grupo de brasileiros. Terminamos a caminhada em frente ao ateliê de Manet. Eu lhes mostrava uma tela de Henri Fantin-Latour, onde Édouard Manet é retratado ao lado de outros intelectuais e artistas da época, como Renoir, Monet e Zola. Un atelier aux Batignoles. Procurava identificá-los na tela, quando apareceu a Malu:

– É esse aqui, mamãe!

Todos riram. Eu me perguntava como era possível que ela guardasse aquelas informações. Aquelas imagens. Que ela soubesse daquilo tudo. Hoje em dia, tenho a impressão de ter encontrado a resposta: Com seus pequenos atos, ela me dizia, repetidamente, o quanto estava comigo. O quanto eu podia contar com ela.

Estudante. Professora. Dona de casa. Mãe solo. Mulher. Em Paris, eu sou um pouco disso tudo. Um equilíbrio precário e nada simples, de identidades distintas. Opostas. A mãe e a mulher. A intelectual e a dona de casa. A atenção aos filhos e a atenção a nós mesmas. Aos nossos desejos. O afeto, a parceria, mas também os conflitos. Os embates. Os desgastes da vida cotidiana. E depois a frustração. A sensação de que estamos em falta o tempo todo. De que não fizemos o suficiente. De que não pedimos desculpas. De que sempre seremos julgadas.

XII

XIII

No mesmo ano de 2019, poucos meses após a chegada da Malu, recebi por alguns dias a visita da Cida. E da Olívia. As duas vinham passar um fim de semana em Paris. Lembro do dia em que atendi à sua ligação. Era um domingo à tarde. Eu e Malu almoçávamos em Montmartre.

– Oi, Nat! Queria saber se você poderia me receber na sua casa daqui a duas semanas. Estou procurando passagens, mas preciso saber se você estará por aí, ou se tem algum compromisso. Decidi viajar super às pressas, depois te explico melhor!

– Claro que vocês podem vir, vai ser ótimo ter as duas por aqui!

Alguns dias mais tarde, elas chegaram. Era uma manhã de quinta-feira. Deixamos as bagagens em casa e saímos. Fomos almoçar ali por perto, no Bistrô Paul Bert. Um restaurante tradicional, bem-conceituado e fora dos circuitos turísticos mais conhecidos. Ideal para quem quer conhecer a Paris do dia a dia e aprecia a boa mesa, como é o caso da Cida. Enquanto esperávamos o prato principal, pedimos uma taça de vinho.

Conversávamos sobre a minha nova rotina na França: os estudos, o trabalho, os cuidados com a Malu. Senti que ela procurava uma forma de introduzir na nossa conversa o assunto que a levara até o meu encontro.

Almoçamos. Seguimos a pé em direção à Bastilha. Marais. Hôtel de Ville. Fomos andando, conversando e apreciando as belas paisagens que Paris nos oferece. Enquanto caminhávamos às margens do Sena, o assunto foi surgindo. Ela vinha passando por momentos difíceis no seu casamento. O nascimento da Olívia tinha provocado alterações na dinâmica do casal. Novos conflitos foram aparecendo. Diferenças. E a sensação de que, talvez, fosse melhor uma separação. Eu tinha acabado de passar por isso. Uma conversa entre nós duas poderia lhe fazer bem.

Dividi com ela um pouco do que já havia lhe dito em 2017, quando passei alguns dias com eles na Espanha. A minha experiência tinha sido a de um casamento completamente vazio de afeto. De desejo. Havia alguns momentos de companheirismo, é verdade. De amizade. Nada mais. Tinha a impressão de que a nossa condição de intelectuais nos incentiva a refletir sobre o mundo, e sobre nós mesmas. Esse movimento havia me ajudado a compreender melhor alguns dos meus processos internos. A me libertar de uma relação que eu entendia hoje como abusiva.

Lembro de ter vivido momentos importantes de reflexão, individual e coletiva, justamente no ano em que o meu casamento chegou ao fim. Era 2015. Eu acompanhava o trabalho que a Renata fazia com os alunos da escola, no comitê de sexualidade. A proposta era partir de questões conceituais mais amplas e reunir elementos que lhes permitissem fazer um mergulho introspectivo. Um trabalho bonito, que havia auxiliado muito alunos a encontrarem, de algum modo, o seu lugar no mundo.

Naquele ano, as discussões giraram em torno das questões de gênero. Do feminismo. Das relações abusivas. Os alunos eram estimulados à leitura de textos acadêmicos. Traziam para o grupo os principais aspectos do que haviam lido. Depois, havia um debate. Aquilo também era muito estimulante para mim. Junto com os alunos, conheci o trabalho de autoras que até então ignorava. Como Judith Butler. Tomei consciência de que o campo das relações abusivas é muito maior, muito mais amplo que o da violência física. Passei a vida inteira ouvindo a minha mãe repetir o mesmo discurso:

– Seu pai é um bom marido. Trabalhador. Vive pra família. Nunca levantou a mão pra mim.

Minha mãe pensava a violência conjugal apenas do ponto de vista da agressão física. As pequenas violências cotidianas, na verdade enormes, ela não percebia como agressões. Ainda que sentisse na pele os seus efeitos. Quando criança, eu não entendia direito porque a minha mãe não podia dizer em casa que havia ganhado de um paciente uma lembrança de fim de ano. Pro meu pai, ela contava outra história.

Um dia, nosso carro enguiçou no meio da rua. Pedimos ajuda a um homem que nos levou até a nossa casa. Minha mãe pediu que ele nos deixasse na portaria do condomínio. Meu pai não podia vê-la saindo do carro de um desconhecido. Eu estranhava que a minha mãe, uma pessoa tão expansiva, tão simpática, querida por todos, tivesse tão poucos amigos. Que ela não tivesse vida social para além da relação com o meu pai. Os amigos do meu pai. As esposas dos amigos do meu pai. Até os meus trinta e poucos anos, talvez eu mesma não tivesse me dado conta do quanto havia de violência conjugal no meu casamento.

– Você vai sair assim? Por que não foi ao salão essa semana? Essa roupa está te marcando, você não pode usá-la.

Eu me sentia feia. Horrorosa. Desinteressante. Como se tivesse dado muita sorte de encontrar alguém disposto a se casar comigo. Alguém que não me desejava. Pelo menos eu não estava sozinha. Não havia entendido que a solidão a dois pode ser muito mais cruel e dolorosa do que as outras.

– Eu me lembro dessa conversa que tive contigo, Nat. Foi por isso que, quando estive no Brasil, estranhei a forma como o que vocês viveram apareceu nas conversas. Quando fui almoçar com as nossas amigas, elas me perguntaram como você estava.

– Eu a achei ótima. Acho que está super bem. Estudando em Paris, como queria...

Elas lançaram um olhar desconfiado. Disseram que você esteve muito mal nos últimos anos. Irreconhecível. Que havia abandonado a sua filha.

– Ela não cuidava mais da Malu. A criança passava dia e noite na casa da avó.

Respondi que você havia me contado uma história diferente.

– O Alex nos contou que o casamento acabou porque ela se envolveu com um aluno. Ele rastreou o telefone e descobriu que ela passaria a noite com ele num hotel. A escola ficou sabendo e por isso a demitiram.

– Gente, rastrear o telefone de alguém é uma coisa muito

violenta...

– No lugar do Alex, nós teríamos feito a mesma coisa.

Aquelas revelações foram um choque. Como se alguns dos momentos mais delicados da minha vida tivessem virado o prato principal de uma refeição de domingo. Servidos à mesa. Debatidos assim, sem nenhuma empatia. Como se tudo aquilo lhes dissesse respeito. Como se a minha vida pessoal fosse de domínio público.

Penso no quanto a condenação que vinha dos outros me silenciou, por todos esses anos. Naquele dia, não consegui dividir com a Cida o que eu havia vivido com o Marcelo. Uma história bastante diferente da que vinha sendo contada. Mas que era, de fato, uma história entre uma professora e um ex-aluno. Não tive coragem de me posicionar. Era como se, de algum modo, eu realmente não pudesse ter vivido o que vivi. Ter sentido o que senti. Se contasse para Cida, eles teriam razão. Tudo o que disseram sobre mim seria validado. Aos poucos, ia permitindo que a minha história fosse sendo usurpada pelos outros. Eu perdia o direito de contar, eu mesma, a minha história.

No fim de semana, desfrutamos de um pouco de tudo o que Paris tem a nos oferecer. Levamos as crianças num museu infantil. Tomamos café com croissant na chocolaterie da esquina. Assistimos a um concerto de jazz às margens do Sena. Almoçamos em Montmartre. Brindamos à vida, com champanhe francês. No fim, nos despedimos, já na expectativa dos próximos encontros. De que, na próxima vez, pudéssemos nos reunir as três: eu, ela e a Mari.

Alguns meses mais tarde, seria a vez do reencontro com a

minha mãe. Já estávamos no fim do ano. Pela primeira vez na vida, aos 69 anos, ela se permitiria viajar sozinha. Sem marido. Um sopro de liberdade. Vinha organizando há vários meses a viagem que pretendia fazer. Tirou o passaporte. Comprou as passagens. Tudo em segredo. Não poderia, ainda, compartilhar o seu projeto com outras pessoas. Meu pai certamente a proibiria de viajar. Os outros a acusariam de abandonar no Brasil o marido doente. Depois de 40 anos de casamento, de mais de 60 anos de idade, as pequenas decisões da sua vida, como o planejamento de uma simples viagem, ainda não lhe pertenciam.

Quando me disse que viria nos visitar, confesso que não acreditei. Achava pouco provável que ela levasse adiante uma decisão que tanto desagradaria ao meu pai. Décadas e décadas de obediência. De dedicação. Minha mãe foi para o meu pai o modelo de esposa perfeita. Cuidava da casa. Cuidava das filhas. Fazia a comida. Passava a sua roupa. A vida profissional foi ficando em segundo plano. O importante era a família. Quando meu pai se excedia, ela o perdoava. Esquecia.

– Ele é uma boa pessoa e gosta muito de mim.

Muitos anos depois, minha mudança para Paris provocaria a alteração de uma dinâmica familiar que vinha funcionando, desde sempre, da mesma maneira: os filhos por perto. Ao alcance dos olhos. E depois, os netos. Minha mãe participara ativamente da criação da Malu. Desde muito pequena a Malu ficava com ela, alguns dias e algumas tardes, para que eu pudesse trabalhar. As duas desenvolveram uma relação de muita proximidade. De um dia para o outro, ela se via afastada da neta. E de mim.

Meu pai soube que ela viajaria no dia anterior à data do

embarque. Ela lhe disse que havia comprado as passagens, e que passaria uns dias na Europa. Ele não teve o que fazer. De forma surpreendente, ela mantinha a decisão. Entraria naquele avião, contra tudo e contra todos.

Dois dias depois, desembarcaria em Paris. Nos reencontramos. Nos abraçamos. Malu não cabia em si, de tanta alegria. Preparei uma lista de coisas que não poderíamos deixar de fazer: almoço com vista para a Torre Eiffel. Visita ao Museu d'Orsay e à Auvers-sur-Oise. Café da tarde no Les Deux Magots. Viagem de alguns dias pela Borgonha. Cada um daqueles dias seria vivido por nós com a importância, a intensidade que a ocasião pedia. A data do nosso próximo encontro ainda era incerta.

No Brasil, como esperado, o gesto de independência da minha mãe foi visto como uma ação intolerável. Por telefone, ela recebia mensagens em série. Uma avalanche de insultos. De acusações. A violência, em estado puro. Quando soube da partida da mãe, minha irmã perdeu o controle: como ela tinha sido capaz de deixar o Brasil por tantos dias? Quem levaria o seu filho na escola? Quem cuidaria dele, nos fins de semana? Quem acudiria o meu pai, em caso de necessidade?

Era uma das primeiras vezes que a minha mãe tomava uma decisão como aquela. Ela queria viajar. E foi exatamente isso o que ela fez. Sem considerar a necessidade dos outros em primeiro lugar. Se permitindo, se percebendo como alguém que possui uma existência própria. Cuja existência tem um sentido próprio. Imagino que não deve ter sido fácil para ela. Para além de uma declaração de amor à filha e à neta, considero o seu pequeno ato de rebeldia uma ação das mais corajosas. Não é nada simples o exercício de se repensar. De se reinventar. De romper com o peso e a força das tradições. Sinto orgulho pelo que ela foi capaz de fazer, a apenas um ano de completar 70 anos de vida. Ela nos mostrava, com isso, que é sempre possível fazer escolhas. Cedo ou tarde.

Ao fim de três semanas, ela voltaria para o Brasil. Aquela tinha sido apenas a primeira das muitas outras visitas que ela nos faria.

XIV

XIV

O segundo natal em Paris, eu passei com meu tio. José Augusto. O irmão do meu pai. Era dezembro de 2019. Ele vinha esquiar na França, com a minha tia e a minha prima. Passaríamos juntos alguns dias. Assim que chegaram à Paris, o tio Zé, a tia Stella e a Bia nos ligaram. Fomos encontrá-lo: eu e a Malu. Marcamos num bistrô próximo à gare de Saint-Lazare. Quarenta minutos de táxi, por um percurso de pouco mais de 4km. Trânsito caótico. Eram dias de greve. Os trabalhadores da SNCF, a empresa de transporte público francesa, protestavam contra o projeto de privatização da companhia. Pelas ruas da cidade, os grevistas brandiam:

"Macron, démission!"

Durante o mês inteiro, a cidade parou. Sem metrô, sem trem, sem ônibus. As pessoas se viraram como podiam. As bicicletas invadiram as ruas. Ainda assim, os grevistas contavam com um significativo apoio popular. Era preciso resistir. O que estava em jogo era a sobrevivência de um dos elementos mais importantes da identidade coletiva francesa: L'Etat Providence. O Estado Providência. Que considera o bem-estar de todos uma questão prioritária. A SNCF, uma empresa com enorme valor simbólico, não poderia sucumbir. Lembro das inúmeras vezes em que passei em frente à placa comemorativa do metrô de Hôtel de Ville. Ela nos conta sobre a greve histórica que paralisou os metrôs parisienses, às vésperas da libertação de Paris. Os ferroviários franceses eram também os resistentes. E continuam a sê-lo.

Com um atraso considerável, chegamos ao bistrô onde o meu tio nos esperava. Foram momentos deliciosos. Contamos as novidades. Jogamos conversa fora. Pedimos um Croque Madame. Algumas taças de vinho. Era muito bom revê-los. O tio Zé é o membro da minha família com quem eu mais tenho afinidade. É o meu tio preferido. Como eu, ele adora o universo dos livros. Às vezes, trocamos dicas literárias. Ele me diz o que gostou de ler. Eu faço o mesmo.

Além da literatura, também temos em comum o interesse pela História. Apesar de sua formação, mais no campo das ciências duras, ele está sempre em busca de indicação de cursos, de aulas de História. Um dia, há muitos anos, quando eu ainda cursava a graduação, ele me explicou de onde vinha o seu interesse:

– No Ensino Médio, tive excelentes professores de História. Um deles foi o Manoel Maurício. Com ele, eu tinha a impressão de finalmente compreender o mundo, na sua totalidade. Um grande professor.

Manoel Maurício. Sim, um grande professor, que eu não tive a honra de conhecer. Um resistente à Ditadura Militar. Uma de suas vítimas, entre outros milhares de brasileiros, que pagaram caro pelo seu inconformismo. Pelo seu desejo de mudança. Foi preso. Torturado. Perdeu o emprego de professor universitário, que havia obtido por meio de concurso público. Em plena maturidade, intelectual consagrado, Manoel Maurício se viu obrigado a buscar o próprio sustento numa das salas lotadas dos cursinhos cariocas. Estávamos em 1974. O general Ernesto Geisel era o presidente do Brasil.

Formado em Engenharia, meu tio Zé Augusto teve a vida inteira dedicada à maior das indústrias nacionais: a Petrobrás. Ali, no trabalho, junto aos seus colegas, foi se desenhando para ele uma nova compreensão do Brasil.

A Petrobrás é uma empresa de Petróleo fundada por Getúlio Vargas nos anos 1950. Tempos de polarização, entre os chamados nacionalistas e os entreguistas, que defendiam os preceitos da economia liberal e as petrolíferas estrangeiras. Tempos, também, de urbanização. De industrialização. De crescimento econômico. De migração em massa para as grandes cidades. A face do país ia se transformando. E o velho Getúlio, o ditador, que permanecera 15 anos no poder entre as décadas de 1930 e 1940, foi chamado de volta. Disputou as eleições e venceu. Nos braços do povo. O retrato do velho reapareceria. Sobretudo nas residências mais humildes. Apesar de seu passado autoritário, a identificação das classes populares com Vargas era enorme. É da época de seu governo a criação da CLT. Leis trabalhistas. O trabalhador, finalmente, encontrava o seu lugar. A questão social ganhava um novo tratamento: de questão de polícia à questão de política.

Eram tempos de pós Segunda Guerra Mundial. De derrota dos nazifascismos, e vitória das democracias. Getúlio Vargas aceitaria as novas regras do jogo, sem abrir mão de seu principal capital político: sua popularidade. Para as elites liberais anti-varguistas, seu retorno ao primeiro plano da política nacional era um verdadeiro pesadelo. É de Carlos Lacerda, jornalista e principal nome da oposição ao presidente, a expressão mais verdadeira desse sentimento coletivo. De classe. De elite. Ainda às vésperas das eleições de 1950, ao saber da possível candidatura de Vargas, ele afirmou:

"O sr. Getúlio Vargas, senador, não deve ser candidato à Presidência. Candidato, não deve ser eleito. Eleito, não deve tomar posse. Empossado, devemos recorrer à revolução para impedi-lo de governar."

As palavras de Lacerda evocavam uma das maiores tradições da política à brasileira. Os golpes de Estado.

Vargas tomou posse. Enfrentou a oposição feroz da imprensa. A má vontade dos Estados-Unidos. A hostilidade das elites. As dificuldades econômicas e conjunturais. A mobilização popular. Era demais. Ao contrário dos anos de seu primeiro governo, a economia patinava. O país se endividava. A situação piorava. Nos jornais, a oposição implacável, daqueles que nunca o quiseram ali.

A posição de Vargas foi ficando insustentável.

Apesar disso, ele seguia adiante. Para o Ministério do Trabalho: João Goulart. Para a soberania do povo, a Petrobrás. Uma indústria de base. 100% nacional. O petróleo é nosso.

A reação veio com força. Vargas precisava ser retirado do poder. E o que antes era oposição virou um verdadeiro massacre. Nas páginas da Tribuna da Imprensa, Vargas era acusado de corrupção. De comunista. De populista. O acusador tinha nome e sobrenome: era Carlos Lacerda.

O jornalista sofreria um atentado. Sobrevivera, mas apontaria o presidente como o mandante do crime. A classe média se comove. Os quarteis se agitam. O golpe de Estado toma forma.

Mas Getúlio Vargas resistiria. Até a morte. Ao ser informado de que seria deposto, deu um tiro no peito. Saía da vida, para entrar na História. Estávamos em agosto de 1954. Getúlio Vargas era, pelo último dia, o presidente do Brasil.

Entre os maiores herdeiros daqueles anos de varguismo, de nacionalismo, estavam, justamente, os funcionários da Petrobrás. Ali, sua memória permanecia viva. Assim como nas famílias dos que, décadas atrás, haviam tomado as ruas da capital do país, levando numa das mãos o retrato do velho e, na outra, a carteira de trabalho. Trabalhadores. Eternamente agradecidos ao presidente que conferiu dignidade às suas existências. O choro, o luto e a tristeza, diante do fato consumado. O presidente se suicidara. Era preciso homenageá-lo, uma última vez. Assim como nos almoços em família das memórias de Annie Ernaux, nas famílias de alguns brasileiros a memória do varguismo também era transmitida. Os pais contavam aos filhos o que lhes ocorrera naqueles anos. Ensinavam-lhes o respeito, o apreço àquela figura tão marcante da história nacional.

Lembro da primeira vez em que ouvi falar de Getúlio Vargas. Eu tinha doze anos. Cursava a sexta série do Ensino Fundamental numa escola da Barra da Tijuca conhecida pelo bom desempenho dos seus alunos no vestibular. Santo Agostinho. Um lugar para onde os pais mandavam os filhos na esperança de garantir a eles um futuro de sucesso. Onde a seleção era quase como um mini vestibular: os candidatos, mal saídos da infância, frequentavam cursos preparatórios, aulas particulares.

Meses e meses de dedicação, ansiedade e tortura psicológica, ao fim dos quais se fariam as provas que determinariam todo o resto de suas vidas. A assimilação, ou não, ao pequeno grupo dos estudantes de elite da nação. O sucesso ou o fracasso. Uma escola onde assassinava-se a criatividade, a curiosidade, o desejo dos alunos de aprender, em nome da eficiência e do resultado. Onde o senso crítico era sacrificado em benefício do acúmulo massivo de conhecimento. Onde a maior parte dos alunos era formada pelos filhos e netos dos que, na década de 1950, vibravam a cada transmissão pelo rádio das pregações de Lacerda: uma escola de classe média.

Era 1995. Primeiro ano em que eu fazia parte daquele grupo seleto, no qual se depositavam as esperanças de futuro da nação. Uma educação tradicional, disciplinadora. Como no Santa Marcelina. Com o agravante de uma pressão descomunal sobre o nosso desempenho escolar. No Santo Agostinho, praticava-se uma espécie de darwinismo pedagógico: os mais fortes sobrevivem. Os mais fracos devem desaparecer. Os alunos que repetiam de ano eram convidados a deixar a escola. Pelos seus corredores, pouco iluminados, uma fita colada ao chão determinava que devíamos sempre nos deslocar em linha reta. Em silêncio absoluto. Em ordem. A educação precisa de seriedade, e não de afeto. Nem de liberdade.

Entre os estudantes, corria o boato de que uma das nossas professoras carecia de equilíbrio mental:

– Ela é maluca! Vocês vão ver, no fim do ano ela faz sempre a mesma coisa.

Era uma professora de História. Não me lembro bem de

seu nome. Leila. Ou Leda? Exercia a profissão que eu mesma abraçaria, muitos anos mais tarde. O programa escolar para nossa série previa o aprendizado de assuntos como o Renascimento, o Absolutismo e a História do Brasil colonial. Os conteúdos de História Contemporânea eram reservados aos mais velhos. Isso não impedia que, a cada fim de ano, ela mostrasse aos alunos alguns trechos da carta testamento que Vargas escrevera antes de cometer suicídio:

"Mais uma vez as forças e os interesses contra o povo coordenaram-se e novamente se desencadeiam sobre mim. Não me acusam, insultam; não me combatem, caluniam, e não me dão o direito de defesa. Precisam sufocar a minha voz e impedir a minha ação, para que eu não continue a defender, como sempre defendi, o povo e principalmente os humildes.

Escolho este meio de estar sempre convosco. Quando vos humilharem, sentireis minha alma sofrendo ao vosso lado. Quando a fome bater à vossa porta, sentireis em vosso peito a energia para a luta por vós e vossos filhos. Ao ódio respondo com o perdão.

Eu vos dei a minha vida. Agora vos ofereço a minha morte. Nada receio. Serenamente dou o primeiro passo no caminho da eternidade e saio da vida para entrar na História."

Como um verdadeiro Jesus Cristo, Getúlio Vargas oferecia em sacrifício a própria vida. Em defesa dos mais humildes, que ele nunca abandonara. Estaria com eles, mesmo após a morte. O povo brasileiro, apegado às tradições religiosas, entenderia perfeitamente o conteúdo daquelas palavras.

Numa escola católica, a professora organizava a cada ano

uma cerimônia cívica, revestida de solenidade quase divina: visivelmente emocionada, ela declamava o texto que havia reforçado a devoção do povo à figura do presidente. Ele permanecia presente. Nos almoços, nos jantares, nas conversas em família de muitos brasileiros. Como a nossa professora. Que escolheu por ofício o ensino. A reflexão sobre o passado. E a preservação militante daquela memória.

Saímos daquela experiência um pouco desnorteados. Sem compreender direito o que nos havia acontecido. Muitos anos depois, eu entenderia aquele cenário, no qual se opunham uma professora varguista e os alunos de uma escola de classe média do Rio de Janeiro como uma espécie de metáfora do Brasil: um país ainda dividido entre nacionalistas e entreguistas. Ao contrário do que se acredita, a história não se repete. É o passado que se faz presente. Os anos passam. A história segue. Mas o passado está lá. Entre nós. Não conhece o seu lugar.

Mais de sessenta anos depois daquele agosto de 1954, seria a mesma Petrobrás um dos maiores alvos do projeto antinacional que se apropriou do país. Golpe. Que atingiria outra das herdeiras daquele sonho antigo. Lá da década de 1950. Uma nacionalista. Uma mulher. Resistente. E combatente. Torturada, na década de 1970. Torturada, tantos anos depois. Em 2016, no mesmo mês de agosto, Dilma Rousseff perderia o cargo de presidenta do Brasil. Sob o pretexto de ter cometido irregularidades administrativas, ela teria impedido o seu direito de completar o mandato.

Cometera o pecado de colocar em primeiro plano os interesses nacionais. Estabelecera critérios rigorosos para a exploração do Pré-sal, recém-descoberto. E pagaria com o próprio cargo pela sua ousadia. Sairia da presidência, para entrar pra História.

O petróleo não seria mais nosso. Os empregos também não. Brasileiras e brasileiros, desempregados. Como a tia Stella. Também mulher. Engenheira. Competente. Demitida, após mais de vinte anos de dedicação ao trabalho. Sua empresa dependia de contratos com a Petrobrás.

Nos dias seguintes, marcamos novos encontros. Fomos ao Ateliê de Lumières. Ao Marché de Noel. Comemos sanduíche de queijo raclette: o preferido da Malu. Patinamos no gelo. Mais alguns dias e seria natal.

Passava das 21h do dia 24 de dezembro quando eles chegaram à nossa casa. Tio Zé, tia Stella e a Bia. Vinham direto de Lyon, perto de onde tinham passado a última semana. Chegaram com presentes. Com calor humano. Jantamos. Conversamos. Brindamos. Ao Natal, e ao meu aniversário. Uma noite de celebrações verdadeiras. A celebração dos afetos. No dia seguinte, a despedida, sempre difícil. Em algumas horas, eles estariam no aeroporto. De volta para o Brasil.

XV

XV

A virada de 2019 para 2020, nós passamos em Versalhes. Na casa do Xavier: um amigo do Jean-Guillaume. Jean-Guillaume era o meu namorado há pouco mais de um mês. Nos conhecemos em meados de novembro, num bar do 11ème arrondissement. Naquele dia, a Malu tinha um compromisso: era aniversario de uma amiguinha. Um dos meus raríssimos sábados livres. Passamos juntos uma noite muito agradável. Conversamos. Caminhamos por Paris à noite. Fomos até a Bastilha. Pedimos mais um drink e nos despedimos, com a promessa de nos revermos em breve. E foi o que fizemos. No fim de semana seguinte, marcamos um jantar. Nos encontramos por volta de 20h. Começamos a noite com um drink. Un apéritif. Os franceses e seus rituais. Primeiro o cocktail, ou uma taça de champanhe. Depois, o vinho. O prato principal. Os queijos. Por fim, a sobremesa.

– Fiz uma reserva no restaurante em que comemoramos o aniversário da minha filha no ano passado.

– Que honra...

– Sim, é um lugar que me traz boas recordações. Eu estava ansioso pelo dia de hoje. A semana demorou a passar...

–...

— Vim no caminho pensando, queria te fazer umas perguntas.

— Claro...

— Você se incomoda com a nossa diferença de idade?

Ele era oito anos mais velho que eu. Tinha 44 anos, contra os meus 36.

— Não, não te considero tão mais velho que eu assim...

— Você gosta de dançar?

Eu ri. Não entendi bem a pergunta, mas respondi assim mesmo. Sim, eu gostava de dançar. Ele também. Fomos nos contando um pouco melhor as nossas vidas: eu, brasileira, do Rio de Janeiro. Historiadora. Mãe de uma menininha de 7 anos. Separada. Ele, francês, engenheiro, de Franche-Comté: há vinte anos em Paris. Pai de uma menina adolescente. Separado.

No encontro seguinte, ele conheceu a Malu. Foi um fim de semana de programação intensa: no sábado, exposição do Banski. Visita às vitrines de Natal das Galerias Lafayette. Pizza e vinho. No domingo, brunch e Jardin des Plantes. Ele e a Malu, no início, desconfiada, foram se aproximando. Ele lhe mostrava os animais do museu: participava com ela das atividades infantis. Respondia às suas perguntas. No fim do dia, quando nos despedimos, ela correu até ele e lhe deu um abraço apertado.

— Au revoir, Jean.

Ele lhe respondeu, o sorriso largo. Tinha conquistado a Malu. Já a minha tarefa seria muito mais dura.

Passamos duas semanas sem nos vermos. Combinamos que comemoraríamos juntos o meu aniversário, assim que ele retornasse de sua cidade, onde tinha ido passar o Natal. Quando chegou, ele me ligou.

– Vou fazer um jantar de aniversário pra você. Aproveito e te apresento a minha filha.

Nos encontramos mais cedo. Nesse dia, eu tinha marcado um trabalho. Uma aula ao ar livre, sobre o ambiente histórico e literário da Paris dos anos 1920. O ponto de partida era a livraria Shakespeare and Co. Lá, me esperavam a Cris e a Lua. Mãe e filha, vindas de São Paulo. Passavam alguns dias em Paris. Pouco antes do início da aula, ele veio ao nosso encontro. Levaria a Malu para um passeio, enquanto eu trabalhava. Depois, passaríamos a tarde no seu apartamento.

À noite, jantaríamos juntos. Os quatro. O cardápio seria um prato típico de sua região: saucisse, mont d'or, pommes de terre. Vinho tinto. Nos sentamos à mesa. Comemos. Bebemos. Cantamos os parabéns. Ensaiamos uma conversa, eu e sua filha. Sem sucesso. Ela me olhava desconfiada, o celular à mão o tempo todo. A expressão fechada. Parecia pouquíssimo à vontade. Respondia a mim e ao pai com frases curtas. Definitivamente, aquele não tinha sido um bom começo.

No dia seguinte, 31 de dezembro, saímos cedo. A filha do

Jean-Guillaume passaria o ano novo com os amigos. Nós nos programamos para chegar a Versalhes no meio da tarde. Em dia de festa, é costume entre os franceses que os convidados cheguem antes da hora e que se prepare o jantar de forma coletiva. Cada um faz uma coisa, sem que ninguém fique sobrecarregado. Sem que o preparo da recepção fique ao cargo exclusivo das mulheres. Pequenos hábitos. Reveladores de um processo de mudança de mentalidades já em curso. As questões de gênero me parecem mais bem resolvidas por aqui.

Chegamos pouco depois das 16h. O apartamento do Xavier era numa das principais avenidas de Versalhes. Um imóvel amplo. Acolhedor. Uma grande mesa de jantar ao centro, de frente para as janelas. Uma bela vista da cidade. Aos poucos, foram chegando os outros convidados. Todos colegas de trabalho. Todos franceses. Todos brancos.

Às 19h abrimos a primeira garrafa de champanhe. Era o momento do aperitivo. Nos reunimos na sala de estar. Degustamos nossas taças champanhe com algumas entradas. Ensaiamos um início de conversa. Algum tempo depois, passamos à sala de jantar. Um menu cuidadoso, requintado, de muitas etapas. À la française.

Xavier, o anfitrião, procurava me integrar ao grupo. Me fazia perguntas. Me apresentava aos presentes. Eu era a única pessoa "de fora". Apesar dos seus esforços, eu não me sentia à vontade. Aqueles códigos. Aquelas histórias. Aquelas piadas. Nada ali me dizia respeito. Passei a maior parte do tempo em silêncio. Observava-os. Trocava pequenas frases com alguns deles. A conversa não engatava. Dentro de mim, crescia a sensação de um mal-estar, cada vez maior. E o desejo de ir embora. O relógio, mais uma vez, parecia o meu maior adversário. Mais de três horas depois do início do jantar, e ainda estávamos na degustação dos queijos. Aquilo parecia não ter fim. Quando deu a meia-noite, estávamos na sobremesa. Abrimos nova garrafa de champanhe. Brindamos. Cumprimentei alguns presentes. Outros agiram como se eu não estivesse ali. Como a Céline, que se levantou, passou direto por mim e cumprimentou o Jean-Guillaume. Eu me sentia invisível. A essa altura, já se notava o meu desconforto.

Uma das convidadas tentou me socorrer. Era uma mulher jovem. Grávida de nove meses. Ela e o marido formavam um belo casal. Ao saber que eu vinha do Brasil, ela me contou que a irmã estava passando o ano novo no Rio de Janeiro. Me mostrou as suas fotos. Perguntou o que eu fazia em Paris.

– Sou historiadora.

– Que interessante. Meu marido adora história.

Conversamos um pouco sobre a história da França. O marido entrou na conversa. Esticamos um pouco o assunto. Por alguns breves minutos, eu me sentia um pouco melhor. O jantar havia terminado, mas a noite prosseguia. Xavier afastou a mesa e as cadeiras da sala de jantar. Ligou o som. Improvisaram uma pista de dança. Meu desânimo contrastava com a empolgação do grupo. Eu resistia. Seguia ali, entre eles. Firme e forte. Até às 3h da manhã, quando finalmente voltamos para casa.

No dia seguinte, as coisas piorariam um pouco mais. Passamos o dia juntos, no apartamento do Jean-Guillaume. No fim da tarde, sua filha chegou. Direto para o quarto. Sem nos cumprimentar. Pouco antes do jantar, ela desceu. Passou alguns minutos no sofá, sem trocar uma frase conosco, a atenção totalmente voltada para o seu telefone. Lia e respondia mensagens. Malu tentou uma aproximação. Sua resposta foi seca. Ela nos tratava com desprezo. Como se não estivéssemos à altura do seu convívio.

Tarde da noite, quando já nos preparávamos para dormir, ele recebeu uma mensagem da filha. Ela pedia que subisse ao seu quarto. Os dois permaneceram ali por dez, vinte minutos. Que me pareceram uma eternidade. Eu sentia que alguma coisa não ia bem. Me sentia apreensiva. Desconfortável. Mais uma vez.

Fomos dormir. Perguntei-lhe se estava tudo bem.

– Tive uma conversa muito difícil com a minha filha. Discutimos. Ela me disse que não se sente bem com o fato de que vocês estejam aqui. Não consegue suportar essa situação. Me pediu que, daqui para frente, nos encontremos apenas nos fins de semana em que ela não está. Você se incomoda? Não posso negar isso a ela. Me faz muito mal imaginar que ela não se sinta bem na sua própria casa.

Engoli a seco. Tentei dormir. Não conseguia. De repente, veio o choro. Sem controle. Não era mais possível para mim continuar ali. Desci. Tentei acordar a Malu. Queria ir embora imediatamente. No fim, esperei a noite passar e voltamos para casa na manhã seguinte. Antes que a sua filha acordasse. No trajeto de volta, eu pensava obsessivamente no que tinha acabado de me acontecer. Sentia-me humilhada. Fui expulsa da casa do meu namorado, por uma menina de 15 anos. Me perguntava se ela teria feito a mesma coisa caso a namorada do pai fosse francesa. Caso fosse branca. Não fazia ideia se seria possível reparar aquilo tudo. Esquecer o que eu havia vivido.

Os dias seguintes foram difíceis. Eu recebia mensagens dele o tempo todo. Ele parecia aflito. Inseguro. Combinamos de nos vermos no sábado à noite. Ele chegou, com um buquê de flores. Me pediu desculpas. Prometeu que, com o tempo, contornaríamos aquela situação. Que a sua filha, cedo ou tarde, se acostumaria conosco. Nos reconciliamos.

Mas o tempo foi passando. E as coisas continuaram exatamente como antes. Exatamente da forma como ela estabelecera. Jean-Guillaume dividia a sua rotina ente os fins de semana comigo e os fins de semana com a filha. Dois universos. Incomunicáveis. Eu me sentia um joguete. Relegada à condição de aparecer ou desaparecer, conforme a vontade do freguês. Como se as rédeas da minha vida estivessem nas mãos de outra pessoa.

Nosso relacionamento durou mais cinco meses. O confinamento tornou a situação ainda mais delicada. Passamos juntos muitos dias seguidos. Como se habitássemos sob o mesmo teto. Dividimos bons momentos, e outros nem tão bons assim. A relação do Jean-Guillaume com a Malu se deteriorava. As tensões apareciam. Já não era mais possível para ele dividir os fins de semana entre mim e a filha. Aquela situação não poderia prosseguir indefinidamente.

O fim dos dias de confinamento se aproximava. Ele se sentia sufocado. Planejava tirar alguns dias de férias. De descanso. Com a filha, apenas. Eu e Malu deveríamos, novamente, desaparecer. Como ele, eu me sentia sufocada. No limite das minhas forças. Sem condições de continuar sustentando aquilo tudo. De continuar lhe dizendo que, por mim, não havia problemas. Que estava tudo bem. Não estava. Conversamos. Choramos juntos, copiosamente. Nos abraçamos. E nos separamos. Estávamos em maio de 2020. Emmanuel Macron era o presidente da França.

XVI

XVI

Quinta-feira, 8 de outubro de 2020. No dia de hoje, eu completo dois anos vivendo em Paris. Parisiense por adoção. Por escolha. Sinto-me, ainda, como se estivesse na cidade apenas de passagem: aprecio cada experiência. Cada paisagem. Cada momento, como se fosse o último. A corrida matinal às margens do Sena. O café da manhã com croissant na chocolaterie do bairro. O steak tartare com vinho tinto num dos tantos bistrôs da cidade. As tardes de estudo nas bibliotecas históricas. O passeio pelas ruas. Pelas livrarias. Pelos cafés. As raridades que encontramos nos bouquinistes. A leitura e o descanso nos jardins e parques públicos. Os museus, magníficos, a duas ou três estações de metrô. A Paris monumental, mas também a das coisas simples. A da Torre Eiffel e a do canal de Saint-Martin. A dos chefs étoilés e a do Kebab da esquina. A da taça de champanhe e a da baguette de fim de tarde.

Minha maior e melhor companheira nessas jornadas de exploração da cidade é a Malu. Apesar da pouca idade, ela aproveita os nossos fins de semana como se fosse gente grande. Olho para ela, quase dois anos depois daqueles dias difíceis de adaptação à escola, e vejo uma menina segura. Completamente à vontade na nova cidade, na nova vida que levamos do outro lado do oceano. Quantas experiências nós já dividimos. Lembro da primeira vez que fomos juntas a Versalhes. Ela tinha chegado a Paris há pouco mais de um mês.

Numa tarde de quinta-feira, fui buscá-la na escola e anunciei a novidade:

– Vamos passar o sábado num castelo? É um lugar lindíssimo, com um jardim enorme, onde moravam os reis da França. O Luís XVI e a Maria Antonieta.

Ela me fez mais perguntas sobre os reis. Disse a ela que eles governaram a França à época da Revolução Francesa. Era 1789. Naqueles dias, o país vivia momentos difíceis. A diferença entre ricos e pobres era muito grande. Havia os privilegiados. Os que não pagavam impostos. Os que tinham acesso à terra. Aos títulos. Às festas. Como aquelas mulheres, que aparecem nos filmes com belos vestidos e penteados volumosos. A nobreza. Mas também havia os trabalhadores, do campo e das cidades. Esses quase nunca aparecem nos filmes. Mas eles também viviam na França. Em condições cada vez piores. Naquela época foram surgindo novas ideias. Pensadores. Que defendiam mudanças. Mais liberdade. O rei não parecia muito disposto a ouvi-los. Nem aos sábios, nem ao povo. A situação foi se complicando, até que o rei perdeu o trono...

– E a rainha, também?

– Também. O castelo, que era dos reis, hoje é patrimônio da França. É do país todo. Todo mundo pode entrar.

– A gente também...

– Exatamente.

No sábado pela manhã, pegamos o RER C em direção à Versalhes. Por volta das 10h já estávamos às portas do castelo. Passamos pouco mais de duas horas lá dentro. Malu quis pegar o áudio-guia. Prestava atenção nos detalhes de cada ambiente. Queria escutar todos os itens. Digitava os números e punha o guia nos ouvidos. Naquele ritmo, fecharíamos o castelo junto com os funcionários.

– Vamos, Malu!

– Calma, mãe, eu ainda não terminei de ouvir!

Achei graça de todo aquele interesse. Ela só tinha seis anos. Morri de orgulho, e lembrei de mim mesma, quando tinha a mesma idade, bradando aos quatro ventos que eu sabia tudo de Revolução Francesa! Tinha passado a noite anterior na casa da vó Marina: a da biblioteca secreta. Na hora de dormir, ela se sentou ao meu lado, colocou os óculos e abriu um dos livros de capa de couro esverdeado que estavam dispostos na cabeceira ao lado. Iniciou a leitura: um enredo que falava de guerras, de fome, de mortes. Cabeças cortadas! Do rei, e da rainha. A violência dos acontecimentos contrastava com a tranquilidade do seu tom de voz. Ela lia de forma clara. Pausada. Morrendo de medo, eu a acompanhava com os olhos. Imaginava as cenas. Luís XVI. Maria Antonieta. Do pouco que havia entendido, foram esses os reis que perderam a cabeça.

Naquele dia, não dormi direito. Aquelas cenas me acompanhavam. Se nem a cabeça dos reis havia sido poupada, imagine o que aconteceria com a minha, que não tinha sangue azul e aprontava todas na escola.

Passado o medo inicial, o que eu levei comigo daquele dia foi a sensação de ter dividido com a minha avó uma história que só os adultos conheciam. Revolução Francesa. Um grande acontecimento. E eu era uma das únicas crianças a conhecê-lo. Tantos anos depois, minha filha parecia interessada pelo mesmo tema que, há mais de trinta anos, me tirou o sono e acordou em mim o amor pela História.

Terminada a visita ao castelo, fomos em direção aos jardins, onde fizemos um piquenique. Fazia um dia belíssimo. Céu aberto, apesar do clima frio. Levamos frutas, sanduíches, maccarons, chocolates. Deitei na grama, tirei um livro da bolsa e mergulhei na leitura, enquanto a Malu dava comida aos patos. Mais algumas horas e voltaríamos para casa, com a sensação de termos saído transformadas daquela experiência. Aquele interesse que a Malu demonstrava pelo meu universo era, talvez, um dos primeiros indícios de uma nova relação entre mãe e filha, que construiríamos em Paris.

Teve também o dia em que fizemos uma visita temática ao Museu d'Orsay. Eu tinha acabado de ler a biografia de Dominique Bona sobre Berthe Morisot, uma artista impressionista das grandes, de quem eu pouco havia ouvido falar até então. No início de 2019, o museu organizara uma exposição inteiramente dedicada à sua obra. Na conferência inaugural, com a presença da curadora do evento, fui surpreendida por aquela trajetória: uma mulher corajosa, talentosa, com uma vida inteira de dedicação às artes, e muito menos reconhecimento que seus colegas do sexo masculino. Saí dali direto para a livraria. Nos dias seguintes, Dominique Bona seria minha companheira inseparável. Malu ficou curiosa:

– Quem é essa mulher, mamãe?

Contei a ela a sua história: Berthe Morisot foi uma mulher da alta burguesia, filha de um alto funcionário do Estado francês. Recebeu uma educação muito requintada: aulas de piano, de etiqueta, de pintura. Àquela época, as mulheres como ela eram educadas para que fizessem bons casamentos. Estávamos em meados do século XIX. Napoleão III era o imperador da França.

Desde muito jovem, seu talento como pintora sobressaíra. Alertados pelo seu professor, os pais apoiaram a vocação da filha, permitindo que ela aprofundasse os estudos e a dedicação à pintura. Um dia, quando copiava obras clássicas no Louvre, ela conhecera Édouard Manet. Os dois se aproximaram. Manet pintou-a em vários quadros. Só a retratava na condição de musa. Nunca como pintora. Aos amigos, dizia ser "uma pena que ela fosse mulher, pois tinha mesmo muita habilidade".

– Por que era uma pena que ela fosse mulher?

– Porque naquela época se considerava que as mulheres deveriam cuidar da casa, do marido e dos filhos. Nada mais. Mas Berthe Morisot não queria só cuidar de casa e arranjar um marido. Ela queria ser artista. Casou-se com Eugène Manet, o irmão do pintor, mas continuou trabalhando. Assinava os seus quadros com o sobrenome de solteira. Participou de todas as exposições impressionistas, ao lado de Cézanne, Renoir, Monet, Degas. Todos eles eram seus amigos.

Malu adorou aquela história, da mulher que também queria ser pintora. Dias depois, fomos ao Museu d'Orsay conhecer perto algumas de suas obras. Depois, nos sentamos às margens do Sena, onde havíamos previsto de almoçar e de passar a tarde. Um programa dos mais simples. Dois bilhetes de metrô. Sanduíches feitos em casa. Um ingresso de museu. É essa a Paris com que eu tanto me identifico.

Paris é uma cidade de múltiplas facetas. Grande metrópole. Ao mesmo tempo, cidade pequena. Dos mercadinhos de rua. Da livraria familiar. Das nossas boulangeries preferidas, que não trocamos jamais. A cidade ainda existe, como experiência de vida coletiva. As pessoas estão nas ruas. A pé. De bicicleta. Nas praças. Nos parques. Os vizinhos se conhecem. Após a segunda ou terceira semana frequentando a mesma padaria, a mesma livraria, o mesmo café, os funcionários já te cumprimentam com familiaridade.

– Bonjour madame, comment allez-vous cette semaine ?

Lembro de um dia em que eu esperava na fila do mercadinho ao lado de casa, enquanto a pessoa da frente perdia um tempo enorme decidindo se levaria ou não alguns produtos. Passados alguns minutos, a funcionária do mercado interveio:

– Vamos logo, minha senhora, que a moça de trás tem uma criança em casa, ela está com pressa!!

Segurei o riso. E não me esqueci mais desse dia. Eles já nos conheciam, a mim e à Malu. Nós éramos a mãe e a filha, que habitam no fim da rua da frente. Fiquei pensando se seria possível, no Brasil, que uma cliente, uma consumidora, levasse uma bronca de uma funcionária do mercado. Não seria. Certamente, a funcionária insolente perderia o seu emprego. Não sabe o seu lugar. Não tratou com a devida pompa o Consumidor, com c maiúsculo. Essa entidade quase divina. O endeusamento de quem "está pagando" só nos revela o quanto a cidadania ainda é, no Brasil, um sonho distante.

Me impressiona o quanto em Paris, apesar de toda a modernidade, ainda se preserva o que se chama de petites habitudes: costumes típicos de cidades do interior. Capital do mundo moderno e ville à l'ancienne a um só tempo. Onde se conservam muitos dos hábitos que vêm da época dos nossos avós. Como o de se comprar a carne do dia, sempre, no açougue da rua. A boucherie. Filas e filas na porta durante os fins de semana. Como o dos almoços familiares, uma tradição que se perpetua ao ponto de esvaziar boa parte dos restaurantes aos domingos. Muitos deles nem abrem as portas. Como o de procurar a massa fresca para o almoço na lojinha dos italianos. Como o do bombeiro da vizinhança, conhecido de todos, que escreve à mão um bilhetinho de apresentação e põe na nossa caixa do correio. Pequenas situações que não existiam no meu cotidiano de Rio de Janeiro. De Barra da Tijuca. Onde eu só fazia compras em supermercados. Comprava ali tudo o que precisava: as massas, os queijos, o pão, as carnes. Essas últimas, no setor de congelados. Almoço em família, era em fim de ano e olhe lá. E o bombeiro vinha sempre de uma empresa do setor.

Ao mesmo tempo, há a Paris grande ville. A Paris dos solitários: mais de dez milhões. Uma multidão de anônimos. Uma cidade onde as pessoas estão sempre correndo. Sempre com pressa. Pelas manhãs, a expressão fechada dos que aguardam a chegada do metrô. Impacientes. Fones nos ouvidos. Onde as relações humanas são marcadas por um certo distanciamento. A intimidade é preservada. E defendida, como uma fortaleza. Uma cidade onde se fazem poucos amigos. Algo com o que os brasileiros teimam em não se acostumar. Nós, ao contrário, somos do país dos afetos. Dos beijos e dos abraços. Dos papos super animados, até altas horas, entre pessoas que se conheceram há pouco mais de cinco minutos. Das piadinhas. Do bom-humor. Em todas as situações. Contra tudo e contra todos. O melhor do Brasil são os brasileiros, dizia o François, um amigo francês apaixonado pelo Brasil. Nunca me esqueço das suas gargalhadas, quando recebia por telefone as piadas que circulavam no grupo dos seus amigos brasileiros.

– Esse meme é sensacional!!

Em Paris, temos a estranha sensação de vivermos num lugar onde a cidade é acolhedora, mas não as pessoas. O Estado está presente. Na escola pública de qualidade. No transporte público abundante. Nos espaços públicos bem cuidados. Preservados. Na valorização do patrimônio. Nos auxílios governamentais: aos estudantes. Aos desempregados. Às mães solteiras. Aqui ainda existe essa abstração que nós chamamos de coletividade, com a qual podemos contar. Já no campo das relações pessoais, a situação se complica. De 2018 a 2020, os amigos que fiz não chegam a uma dezena: O Etienne, a Rafa, a Heloísa, a Pauline, o Maurício e, mais recentemente, a Lívia e a Fernanda. Quase todos brasileiros.

Naquilo que nós temos de melhor: que te ligam ou te mandam mensagens, para saber se está tudo bem. Que te convidam para um almoço ou um jantar, geralmente de comidas brasileiras. Que te recebem de braços abertos, sorriso no rosto e muitas boas histórias. Que estão sempre dispostos a oferecer ajuda.

– Se precisar de alguma coisa, pode contar comigo!

No Brasil, onde a sensação é a de ausência total do Estado, as pessoas se fazem presentes na vida umas das outras. As pessoas se ajudam. Se implicam, se importam. Meus amigos brasileiros me oferecem a possibilidade de, mesmo longe, conservar à minha volta o que o meu país tem de melhor.

XVI

XVII

Fim do mês de outubro. Primeiros dias das vacances de Touissant: duas semanas de recesso, no calendário escolar francês. Os casos de contaminação ocasionados pela Covid-19 progridem, num processo de expansão a cada dia mais acelerado. O país, que acreditava ter conseguido manter a epidemia sob controle, é surpreendido pela violência do seu retorno. Fulminante. O presidente anuncia novas medidas restritivas. A partir das 21h, não se pode mais sair de casa. Toque de recolher. Os franceses se dividem entre a apreensão e a revolta: o temor é de um retorno ao confinamento. As perspectivas não parecem animadoras.

Estou nas últimas páginas de Os Anos. Sinto-me como se estivesse me despedindo de uma amiga próxima, de quem, a partir de agora, eu terei poucas notícias. Na sua narrativa, estamos na virada do século XX para o século XXI: a autora-personagem se aproxima dos sessenta anos. Mãe. Avó. Aposentada. Mulher. E grande observadora do mundo à sua volta. Mais do que nunca, consigo unir as minhas memórias às suas.

Como no último sábado, quando voltávamos de um almoço e fomos surpreendidas por uma grande manifestação em apoio aos sans papiers. Uma multidão de gente, de todas as idades, de todas as origens. Um cenário que me faz pensar na França das décadas de 1960 e 1970, quando a esquerda francesa organizava inúmeras mobilizações em favor dos imigrantes. Pela extensão a todos dos direitos humanos. Um grupo do qual a própria Annie Ernaux fazia parte. Observo o cortejo, as faixas, as pessoas, e penso no quanto a escritora seria positivamente surpreendida pela volta massiva dos franceses às ruas, na defesa dos imigrantes em situação precária. No século XXI, a solidariedade coletiva ainda é possível. E necessária.

A mesma solidariedade que leva os franceses à Place de la République, no dia seguinte. Não apenas os de esquerda. Lado a lado, desfilam pessoas comuns e representantes da República: deputados, ministros, senadores. Ex-presidentes, como o socialista François Hollande, que dirigia o país à época dos atentados contra o Charlie Hebdo. Era 2015. No dia 7 de janeiro, a França viveria um dos momentos de horror mais marcantes de sua história recente: dois terroristas, fortemente armados, invadiriam a redação do jornal satírico francês e executariam quase todos os presentes, deixando para trás um enorme rastro de sangue, e um país inteiro em estado de choque. Agiam em nome da fé. Atendiam ao chamado de islamistas radicais, que haviam lançado uma condenação à morte aos jornalistas responsáveis pela publicação das caricaturas de Maomé. Blasfêmia. Um crime inexistente no código penal moderno. A condenação à heresia. Como na Idade Média. No país da Revolução Francesa, as liberdades individuais e o Estado laico seriam duramente atingidos pela violência do fundamentalismo religioso.

Um fenômeno que marcou a entrada da humanidade no

século XXI. No terceiro milênio. Que aguardávamos, todos, entre a apreensão e o otimismo: as profecias que anunciavam o fim do mundo para os próximos dias eram contrariadas pelo avanço vertiginoso da tecnologia e dos costumes: computadores, celulares, internet, ao alcance das mãos. Parecíamos invencíveis. Em breve, descobriríamos a cura da Aids e do câncer. Melhoraríamos as condições de vida na terra. Combateríamos o racismo. O machismo. A homofobia. Construiríamos, enfim, uma sociedade mais igualitária, sob todos os aspectos.

Aí vieram os ataques às torres gêmeas. O 11 de setembro. Um choque de realidade. Osama Bin Laden, a Al-Qaeda, e o sequestro de dois aviões. Símbolos da modernidade. Da possibilidade de aproximação entre os distantes. Uma invenção do ocidente, convertida em arma de destruição em massa por aqueles que se sentiam a anos luz desse modelo de sociedade.

O atentado espetacular, violento e assustador, ocorreria no coração do capitalismo mundial. Duas torres espelhadas, imponentes, que abrigavam algumas das maiores empresas de Nova York. O alvo dos atentados havia sido cuidadosamente escolhido. Nos seus relatos, Annie Ernaux se recorda daqueles dias, e do impacto mundial que eles provocaram. Uma espécie de globalização do medo. Como ela, eu também me lembro exatamente do que fazia naquele dia e naquela hora: estava nos corredores da faculdade, com amigos, aguardando o início das aulas. Alertados do que acabara de acontecer, corremos todos para frente da televisão. Assistiríamos ao vivo ao momento em que a segunda torre seria atingida. Acompanharíamos incrédulos às cenas que se projetavam diante de nossos olhos. A semelhança entre aquelas imagens e as de um filme hollywoodiano eram impressionantes. Com a diferença de que, dessa vez, os efeitos especiais eram verdadeiros. As explosões. Os incêndios. E as mortes. Lembro também da cena, repetida à exaustão, em que o presidente Bush é informado do que havia acabado de acontecer. Naquele dia, ele fazia uma visita a uma escola infantil. Estava sentado entre as crianças, quando entra uma pessoa e lhe sussurra alguma coisa aos ouvidos. Ele interrompe, atordoado, o que estava fazendo. No seu olhar, a incerteza. E a incredulidade. Depois daquele dia, nada seria como antes.

A comoção, o luto e a tristeza seriam logo substituídos pela boa e velha necessidade de lucros. Pela crueza daqueles que sempre enxergam nas tragédias a oportunidade perfeita para a ampliação dos negócios. Time is money. O combate ao terrorismo é convertido em bombardeios em série, a todo um país. A população afegã, já massacrada pelo fundamentalismo dos talibãs, pagaria a conta de cada uma das mortes provocadas nos Estados Unidos: cidades inteiras destruídas pela sanha de vingança dos norte-americanos e pelos interesses econômicos de sua indústria armamentista. Saddam Hussein, inimigo de longa data, entraria no jogo. Sem ter tido qualquer relação com os ataques de Bin Laden, ele assistiria, impotente, a uma nova intervenção dos ianques no seu país. Com o respaldo constrangedor da ONU, os americanos iniciariam uma guerra contra o Iraque, acusado de possuir armas de destruição em massa. O velho imperialismo norte-americano reaparecia, revestido de novas justificativas. A esquerda, como era de se esperar, acompanhava com desconfiança o desenrolar dos acontecimentos. Alguns consideravam o terrorismo uma invenção. Um mero pretexto para o acúmulo de dólares e de petróleo. Surpreendentemente, Osama Bin Laden era visto por muitos com certa simpatia. Uma espécie de herói, que combatera os Estados Unidos, envolvidos em violências de toda a ordem, nos quatro cantos do mundo. Lembro de um seminário a que assisti sobre o terrorismo internacional. Era 2005. Eu cursava o terceiro ano da graduação em História. O evento seria aberto pelo professor Francisco Carlos Teixeira da Silva, um dos grandes nomes da chamada História do Tempo Presente. Ao ser interpelado por um dos participantes, ele responderia:

– Precisamos resistir à tendência de imaginar que Osama Bin Laden é o novo Che Guevara. O que ele defende como projeto de sociedade não tem absolutamente nada de revolucionário. Ele quer nos submeter às leis da xaria. Quer o apedrejamento das mulheres em praça pública. A sua submissão aos homens. O seu combate é contra as sociedades liberais modernas: a igualdade jurídica, o direito ao voto. A democracia. As liberdades. Não é o imperialismo econômico norte-americano o que o incomoda. É o fato de que as mulheres possam fazer parte do exército ao lado dos homens. É a liberdade sexual. São as festas, regadas ao consumo de bebidas alcoólicas. É o Mc Donalds. Essa expansão do ocidente pelo mundo, que profana e desvia o islã de seu caminho verdadeiro. Seu objetivo é impor a todos um islã medieval.

Os anos seguintes tornariam esse cenário ainda mais crítico. A guerra ao Iraque se prolongava indefinidamente. A interferência americana na geopolítica local, ao invés de combater o terrorismo, o fortalecera. O vazio de poder provocado pela deposição de Saddam Hussein abriria espaço para a ascensão de novos grupos extremistas, como o Estado Islâmico. Formado por muçulmanos radicalizados. Da mesma vertente de Bin Laden. A execução deste último, em 2011, em nada resolveria o problema. O terrorismo se ampliava, alimentado pela formação de estruturas múltiplas, e em rede. Beneficiado pelos avanços tecnológicos dos quais eles tanto se ressentiam. Os discursos de ódio e o recrutamento de novos adeptos se fazia via internet. Ataques no metrô de Madri. Numa escola da Nigéria. Num cinema da Rússia. Num mercado de Berlim. Numa boate parisiense. Mortos, mortos e mais mortos. A ameaça parecia estar em toda a parte. Cada um de nós viraria um alvo em potencial.

Como Samuel Paty. Professor de História numa escola do banlieu parisiense. Atingido de forma brutal. Decapitado. Submetido às leis da xaria, pelo crime de ter mostrado aos seus alunos uma caricatura de Maomé, num curso sobre a liberdade de expressão e o estado laico. Um professor. De uma escola pública. Esse símbolo potente, de um projeto de sociedade igualitário. O recado parecia bastante claro: toda a tentativa de promover o senso crítico, a discussão de ideias e a liberdade de pensamento seria combatida. Enquanto ser humano, mas também enquanto professora de História, senti-me enormemente tocada. Assassinada. Silenciada. Como chorei por Gabrielle, chorei também por Samuel Paty. Acompanhei o noticiário, de forma obsessiva. Na televisão, repetia-se a reconstituição daqueles fatos macabros: um professor motivado, dedicado, apreciado pelos alunos. Sujeito à contestação de seu curso pelos pais dos estudantes. Vítima de uma campanha violenta de difamação. Pelas redes sociais, vídeos e textos eram publicados. O ódio se expandia. Likes, comentários e compartilhamentos. E depois, um novo vídeo condenatório. Virulento. Uma fatwa. Contra um funcionário, membro e representante da República Francesa, cujo delito havia sido justamente o de ter cumprido a sua função.

Penso em alguns dos meus colegas historiadores, que há mais de uma década assistiam com simpatia à emergência desses novos heróis do oriente, dispostos a combater o imperialismo norte-americano. Quanta inocência, e quanto engano. Penso também nos meus próprios enganos. Na minha inocência. Na minha visão de que a realidade escolar na França era menos crítica que a do Brasil. De que aqui não se viviam os muitos problemas com que nos deparamos no ensino público brasileiro. Descubro que os professores franceses não podem abordar inúmeros assuntos em sala de aula, sob pena de represália. O holocausto é tema tabu. O trabalho docente, o rigor acadêmico dos profissionais de ensino é constantemente exposto à condenação de pais de família que desejam sobrepor as suas crenças pessoais ao conhecimento histórico. Como nas escolas brasileiras. Cada vez mais ameaçadas pelo fundamentalismo cristão. Que qualifica de perversão, de kit gay, à tentativa de se promover a educação sexual e o combate à homofobia nas escolas. Que dificulta o ensino de culturas afro-brasileiras aos alunos. Que considera doutrinação o estímulo à reflexão e ao senso crítico. Onde os professores são vigiados. Colocados sob suspeita. Em pleno século XXI, somos confrontados cotidianamente à violência do pensamento retrógrado, que nos faz de reféns. Mais uma vez, a história nos ensina. Seus processos não são lineares. Seu avanço nem sempre é sinônimo de progresso.

Dirijo-me à manifestação em homenagem ao professor francês, acompanhada da minha filha e de duas amigas. Uma delas, brasileira e professora. Como eu. Unimos as nossas vozes às de milhares de outras pessoas, da esquerda à direita. Das autoridades às pessoas comuns. Das crianças aos idosos. Juntos, na condenação absoluta à barbárie. Cantamos o hino. Ouvimos os discursos. Nos emocionamos. Cantamos canções em sua memória: "Adieu, monsieur le professeur. On ne vous oubliera jamais." Samuel Paty. É preciso lembrar. É preciso resistir. Estamos em outubro de 2020. Emmanuel Macron é o presidente da França.

XVIII

XVIII

Segunda-feira. De um belíssimo dia de sol. Finalmente, a chuva e o mau tempo das primeiras semanas de outubro parecem superados. Estou num café em Place de la République. O mesmo lugar onde estive, apenas alguns dias atrás. Uma praça de enorme valor histórico. De reivindicação e de liberdade. Divido o espaço de uma pequena mesa redonda entre o computador, um croissant e um machiatto allongé. Olho para a tela do computador. Vejo meu texto aberto. Um documento de Word. Em vias de se transformar numa história, com início, meio e fim. Uma história pública. Ao alcance de todos. Uma história de vida. Da minha relação com muitas outras vidas. Nomes, endereços, datas de nascimento. Diferentes cidades. Diferentes contextos. Diferentes gerações. A história e a memória, do que vivi e do que aprendi. Do que senti. Do que observei. Sob a forma de um romance. Ali, diante dos meus olhos.

Penso nas primeiras vezes em que fui tomada pelo desejo de ficcionalizar a minha vida. Volto a 2016, nesse mesmo mês de outubro. Recupero aqueles textos. Pequenos contos. Um conjunto de relatos fragmentados, intensos, apaixonados. Hesitantes. Sobre mim. Sobre o Marcelo. Sobre a minha filha. Releio-os, na tentativa de compreender, de capturar o que eu queria dizer. O sentido daquelas palavras, escritas e logo depois esquecidas. Como se finalizar aqueles textos fosse a confirmação irreversível de que aquela fase da minha vida terminara. Ponto final.

Mas sobretudo como se eu não tivesse o direito àquela narrativa.

Uma história secreta. Um amor impossível. Uma voz silenciada. Leio, novamente, um de meus contos. Me emociono. Mergulho, por alguns minutos, naqueles momentos tão importantes do meu passado recente. O começo e o fim de uma história de amor:

"– Isso eu acho muito prepotente em você, Nat. Você ás vezes fala como se soubesse mais sobre mim do que eu próprio.

Aquelas palavras a haviam surpreendido. Não tanto pelo conteúdo do que acabara de ser dito, mas pelo significado ampliado daquela conversa. Por mais de uma década, permanecera num relacionamento em que um diálogo como esse teria sido quase impossível. E, no entanto, aquela relação de alguns meses lhe transmitia a sensação de que já estava há muitos anos ao lado daquele rapaz.

Com ele, compartilhara os seus segredos mais íntimos: as frustrações da adolescência, a relação difícil com o pai e a irmã. Os livros que lera pela metade. As vitórias, mas também os tropeços. A face menos nobre de uma profissional premiada dentro e fora do país, admirada pelo que havia conquistado, de forma tão precoce. Confessara-lhe o desejo de pôr fim ao casamento quando sequer havia conseguido dizê-lo a si própria.

Naquela época, eles eram apenas bons amigos. Mas já se sentiam atraídos pela presença um do outro de forma inexplicável. Um café? Só mais um pouco. Mais meia hora. Mais cinco minutos. O tempo a contrariar as certezas tão características dos jovens.

No relógio, as horas passavam como num atropelo. Já anoiteceu? Os almoços convertidos em jantares sem fim.

-Senhores, estamos encerrando os nossos serviços. Desejam mais alguma coisa? Nas palavras do garçom, a tradução perfeita dos sentimentos dos dois, ainda contidos: desejo. Mas também angústia, diante da iminente despedida. Quando estavam juntos, ela sentia uma vontade irresistível de controlar os ponteiros do relógio. Acelerá-lo e retardá-lo a seu bel prazer. O tempo. A memória. O esquecimento. Categorias que já analisara por tantas vezes, com a atitude presunçosa de quem se acredita capaz de desvendar o significado das criações humanas. O natural e o social. O secular e o transcendental, teorizados por tantos especialistas. Como se fossem elementos exteriores à nossa vida.

No fundo, era como se aquela relação a tivesse colocado em seu devido lugar: a grandiosidade do amor a lhe mostrar o quanto somos, todos, irrelevantes. O tempo das múltiplas durações, o longe e o perto, o muito e o pouco. Tudo? Ou nada? Confusão de sentimentos. E a sensação de que o seu tempo não é mais seu. Não te pertence. Não faz sentido. A irracionalidade do afeto sem limite. Os tempos do agora, do ontem e do amanhã embaralhados, a confundirem-lhe os sentidos. A lhe tirarem os pés do chão. Há quanto tempo estavam juntos? Ainda estavam juntos? Estiveram juntos, algum dia? O que é história, o que é memória e o que é invenção?

– Nossa, Nat. A história está incrível, mas você precisa de muita coragem para publicar uma coisa dessas.

– Você acha?

– Ah, eu acho! Eu praticamente posso ouvir a sua voz em cada uma das frases. É impressionante.

– Você se reconhece nela?

– Sim. Para mim foi muito fácil perceber que a história é sobre nós dois. Mas você tem mesmo muita coragem.

– Eu não sei se me vejo como uma pessoa corajosa. Talvez vivenciar uma história como a nossa seja muito mais corajoso do que escrever sobre ela.

– Eu não conseguiria falar de questões tão íntimas dessa maneira.

–É que eu não vejo outra possibilidade de escrita que não seja a escrita de nós mesmos. Por isso é que, na verdade, essa história não é sobre você. É, de novo, sobre mim.

Mais uma vez, ele tinha sido a primeira pessoa para quem Natália sentira vontade de enviar o seu texto, mal começara a escrevê-lo. Ainda se impressionava com a importância que tinham as suas opiniões sobre o que escrevia, o que fazia, o que dizia. Não estavam mais juntos.

– Nossa relação não tem perspectivas, Nat. A gente acreditou que poderia vivê-la assim, sem compromisso. Mas ficou pesado demais. Está fazendo mal a nós dois.

Volta e meia, aquelas palavras lhe vinham à cabeça. Ficou pesado demais. Está fazendo mal a nós dois. Por um segundo, pensou em contra argumentá-lo. Desistiu. Tinha razão. Aquele sentimento todo lhe pesava mesmo nos ombros. Às vezes, sentia como se fosse desmoronar.

As poucas horas de intenso prazer que passavam juntos eram sucedidas por dias e dias de uma longa espera, os ponteiros do relógio a lhe negarem clemência. As horas passavam arrastadas, preguiçosas, como se a vida fosse marasmo, e não vertigem. Perguntava-se por onde andava aquele tempo acelerado, em descontrole, característico do mundo moderno em que viviam.

Em pleno século XXI, sentia-se paralisada pela potência daquele amor. O tempo é mesmo criação. O sentimento também. Por quantos anos a ausência de afeto numa relação estável e duradoura lhe torturou os pensamentos? O amor é a cura para os relacionamentos em crise. Com amor, tudo se ajeita. Nem sempre. Às vezes, o amor joga no campo adversário. Nos fragiliza. Nos apequena. Nos oferece prova irrefutável de que as rédeas da nossa vida não estão nas nossas mãos. O amor é tempestade. E nós somos como frágeis casinhas de madeira. Destruídas e arrastadas ao sabor do vento. À mercê de toda a sua fúria. O amor é impotência.

– Foi melhor assim. Você estava certo.

Embora estivesse convencida de que aquela história carecia mesmo de futuro, não podia evitar os lampejos de inconformidade que vez por outra lhe invadiam a alma. Amor assim a gente não vive todo dia. A saudade era inimiga mortal: trazia à tona, com uma força impressionante, pequenos fragmentos de memória que deslocados, cortados e colados como num mosaico, formavam o painel de uma relação quase perfeita. Alegria, desejo, semelhança, empatia. Intensidade. Diálogo. Mentes e corpos na mais pura sintonia. Arrepio na espinha e corações a galope. Coisa de pele. Coisa de espírito. Todo carnaval tem seu fim."

Num café de Paris, quatro anos depois, eu me reencontraria com o meu texto. Uma narrativa em terceira pessoa. Uma história de amor, entre Natália e um rapaz, não nomeado. O começo e o fim repentinos, não explicados, de uma relação intensa. Palavras não ditas. Volto aos comentários da leitora crítica, a quem enviei meus textos no início de 2017:

– É um conto bonito, sobre uma história de amor que começa e termina de forma difusa. O ponto de vista de uma mulher sobre o fim desse relacionamento. É um bocado triste, também.

Um conto bonito e triste. Uma bela história. A minha história. Deixo o café onde estava sentada. Caminho alguns metros, entre a Place de la République e o meu apartamento. 25, rue de Lancry. No trajeto, a statue de la République. Aquele monumento imponente, cujo valor simbólico é tão importante. A representação da liberdade, na figura de uma mulher.

– Oi, Marcelo. Quanto tempo! Como você está?

– Oi Nat!! Tudo bem, e você?

– Por aqui, tudo bem. A situação está um pouco menos

dramática, eu acho. Tenho boas notícias. Voltei a escrever...

– Ah, que bom, Nat. Seus textos são incríveis. O que você está escrevendo? Você retomou aquele projeto dos contos?

– Não é exatamente isso, mas tem a ver com aquele projeto, sim. É uma escrita sobre mim. Dessa vez num formato de textos mais longos. Talvez um livro. Te contactei porque queria te fazer uma pergunta...

– Claro, Nat. Já estou curioso...

– Meu texto vem ganhando um formato autobiográfico. Há pouco tempo, li um livro de uma escritora francesa que me impactou bastante. Eu me identifiquei com a escrita dela. Uma narrativa que mistura o pessoal e o coletivo.

– Fico feliz, Nat...

– Tem me feito muito bem esse retorno à escrita. O reencontro com a minha história. Quis te ligar por conta disso. Você faz parte dela. Esconder o que vivemos seria permanecer nesse lugar, de silenciamento.

– Eu imagino que pra você tenha sido difícil...

– Foi muito difícil. Esse processo, de tomada de consciência. De entender que o que vivemos foi uma história não convencional, mas muito bonita. Que é bonito passar por cima do senso comum e enfrentar as adversidades. Bancar esse sentimento.

– Com certeza, Nat.

– Eu me dei conta de que tenho o direito de contar a minha história. A narrativa é minha, sabe? Mas achei importante te ligar. Porque você vai aparecer, e pode ser que isso te gere algum incômodo. Talvez eu possa inventar um outro nome pra você...

– Não, Nat. Você pode escrever o meu nome na sua história.

Conversamos, ainda, por quase uma hora. Nos contamos as novidades. Nos despedimos, e desligamos.

Estamos
em
outubro
de 2020.
Jair
Bolsonaro
é
o
presidente
do
Brasil.

EPÍLOGO

Você inventou as suas mentiras. Eu inventei as minhas. Como elas são poderosas, as nossas mentiras. Elas nasceram de dentro, das nossas entranhas. E se confundem, nos confundem, nos revelam, como água cristalina. Nós estamos no fundo. Os dois. Afogados, pelas nossas mentiras.

Nossas mentiras nos despiram, como no raio x de um aeroporto. Nós tiramos os casacos, as meias, os sapatos e abrimos os braços, rendidos. Elas nos deixaram nus, as nossas mentiras.

Nas suas mentiras, nossa história foi curta. Coisa de apenas alguns meses. Algo sem importância. Você não estava tão interessado assim.

Nas suas mentiras, a minha presença não exercia sobre você quase o efeito de uma hipnose. Você não me via. Não me ouvia. Não me sentia. Nas suas mentiras, eu era apenas mais uma.

Nas suas mentiras, o simples toque dos meus dedos nos seus cabelos não fazia o seu coração acelerar. A minha pele contra a sua não te fazia estremecer. As minhas mãos pelo seu corpo não te tiravam do prumo. Não, você não sentia todo aquele prazer. Você nunca saiu do controle.

Nas suas mentiras, as nossas despedidas te deixavam incólume. Você não sofria. Não me abraçava com fome, com força, o corpo trepidando de desejo. Você não me queria. Na verdade, você nunca foi apaixonado por mim.

Nas suas mentiras, você não pôde ficar. Porque não era possível. Porque não era justo. Porque eu estava mais envolvida.

Você me preservou ao ir embora, nas suas mentiras.

Nas minhas mentiras, você foi a pessoa mais incrível que eu já conheci na vida. Você era inteligente, maduro, sensível, envolvente. Você me ouvia e me entendia de um jeito único, que só você era capaz.

Nas minhas mentiras, nós éramos tão parecidos... os mesmos gostos, os mesmos livros, os mesmos sonhos.

Nas minhas mentiras, a gente viveu uma história de amor. Nós fomos ousados, corajosos, inconsequentes. Não temíamos as críticas. Seguimos em frente, indiferentes a tudo, porque o nosso amor era potência. Nas minhas mentiras, você me deu a mão.

Nas minhas mentiras, você seria incapaz de me ferir. De me magoar.

Nosso amor era potência.

Nas minhas mentiras, você foi o que de mais importante me aconteceu nos últimos anos. Você me fortaleceu, me encorajou, me empoderou. Eu saí inteira da nossa história. Fui atrás dos meus sonhos. Cresci. Venci.

Talvez eu tenha inventado tudo e você nunca tenha existido. Nas minhas mentiras, sou autora e personagem. Sou eu a narradora, das minhas mentiras. Das suas mentiras.

O que é verdade e o que é mentira? Eu me pergunto. Eu te pergunto.

Nas nossas mentiras, estamos em 2021. O Brasil combate os corruptos. A Covid-19 está sob controle. O brasileiro resiste à doença à base de cloroquina. As pessoas preferem o fuzil ao feijão. Jair Bolsonaro é o melhor presidente de todos os tempos.

FIM

Agradecimentos

Gostaria de começar agradecendo ao clube de leitores Paris de Histórias e à Priscila Calado, pela riqueza das nossas trocas e pela possibilidade do contato com novas autoras. Através do Paris de Histórias, cheguei à Annie Ernaux, cuja escrita me tocou tão profundamente. À Priscila Calado também agradeço pelo olhar cuidadoso, carinhoso, de amiga e de revisora.

Gostaria de agradecer, também, aos amigos, tantos, que receberam o meu texto e responderam com entusiasmo, com incentivo, com sugestões preciosas: Alê Magalhães, obrigada pelas trocas de sempre, e pelo "agora você encontrou o seu tom", que me incentivou a ir adiante. Mari, obrigada pelo "eu tô impressionada com o que acabei de ler", que me fez acreditar, de verdade, no potencial do meu texto. Obrigada ao Nathan, à Cida e ao Kadu. Obrigada à Rachel, que me sugeriu a inclusão de mais um capítulo.

Obrigada à Taiane Santi Martins, leitora crítica, que devolveu o meu texto com palavras de incentivo tão fortes que me levaram a decidir, definitivamente, pela sua publicação.

Obrigada à minha mãe, pela presença, pelo amor, que ultrapassa a literatura.

Obrigada.